幽霊長屋、お貸しします(一)

泉 ゆたか

文芸文庫

○本表紙デザイン＋ロゴ＝川上成夫

幽霊長屋、お貸しします（一）　目次

第一章

寂しい

一

「幽霊だって？　いかにも娘っ子らしいことを聞きやがるな」

顔に大きな傷のある男が、肩を揺らして笑った。

男の頭上の梁《はり》からは、破れた蜘蛛《くも》の巣が垂れ下がっている。

「残念だがお嬢ちゃんが大好きなお化けも妖怪も、ただの絵空事だ。もちろん幽霊なんていやしねえ。死人が化けて出るなんてあるはずがねえさ。この俺がぴんぴんしてるってのが、何よりの証拠だ」

お奈津《なつ》と向かい合ったこの伝七《でんしち》は、四ッ谷鮫ヶ橋《よつやさめがはし》の荒れ寺を根城にしたやくざ者の親分だ。人の心を持たず、神罰さえも少しも恐れない残忍な男だと噂される人物である。

「なるほど、確かにそのとおりですね。これまでのお話によりますと、もしも幽霊がいて、怪談のような死者の呪いがあるならば、伝七親分がこの場でこうしてご無事でいられるはずはありません」

お奈津は帳面を手に大きく頷《うなず》いた。帳面にはやくざ者の通り名や芸妓《げいぎ》の名がいくつも記されていて、どの名も上から一本線で消してある。皆、もうこの世にはいないのだ。

　伝七はきょとんとした顔をした。ふっと笑う。

「正直な奴だな。この荒れ寺に小娘ひとりで乗り込んでくるところといい、ずいぶん肝《きも》が据わっていやがる。いいぞ、気に入った」

　いかにも悪どそうに顔を歪《ゆが》めた。

　荒れ果てた寺の門の前で中を窺《うかが》っていたのを子分たちに見つかって、もはや一巻の終わりかと思っていたところを、伝七が「ちょっと待て」と声を掛けたのだ。

　奥の部屋に通されたときは、震え上がりそうになる反面、伝七と直接話ができることに興奮した。

　どれほど恐ろしい目に遭《あ》っても、いつかこのことを誰かに話せたらどんなに面白いだろうと思ってしまうのは、お奈津が生まれ持った性分だ。

「お褒《ほ》めいただいて光栄です。では、もしよろしければ、晦日《みそか》の四ッ谷伝馬町《てんまちょう》貸座敷で起きた出来事を詳しく伺えればと……」

　伝七は、賭場《とば》に出入りしていた無法者が酷《むご》い拷問《ごうもん》を受けて殺された数日前の事件に関わっているのでは、とまことしやかに噂されていた。

——若い頃は稀代《きだい》の悪党として罪のない人たちを相当傷付けた。だが最近は「心を入れ替えて」、手を掛けるのはやくざ者の裏切り者だけと決めたんだ。

つい先ほどまでそんな調子で気持ちよく喋《しゃべ》っていた伝七は、晦日と聞いた途端にすっと表情を消した。

「読売《よみうり》の種拾い、ってのは嫌な仕事だ。人の噂を嗅《か》ぎ回って、面白おかしく書き立ててばら撒《ま》く。お前は見たところまだ十五かそこらだろう。どうしてそんな下衆《げす》な仕事を選んだ？」

あべこべに聞き返されて、お奈津はうっと黙った。

種拾いが人々から煙《けむ》たがられていることは、百も承知だ。

人々の気を引きそうな毒のある事件が起きると、すぐに飛んで行って周囲に詳しく聞き込みをする。家族を殺されたばかりの人から故人の人となりを聞き出すこともあるし、人殺しと噂されている人物に真正面から話を聞くこともある。店先で塩を撒かれるのはしょっちゅうだし、頭から水を掛けられたことだって幾度《いくど》もあった。

「……わかりません」

お奈津は強張《こわば》った声で答えた。

私はこの仕事に、きちんとやりがいを持って取り組んでいます。みんなに嫌がられることもあるけれど、大事な仕事なんです。

胸の中ではきっぱりと言い切れているはずなのに、口から出たのは頼りない言葉だった。

「出直しな。小娘の噂話のお遊びに付き合っている暇はねえ」

伝七は先ほどとは打って変わって冷たい声で言い放った。

「晦日の夜に伝七親分があの賭場にいらしたのかだけでも教えていただけませんか？　証拠は何もないので、お上《かみ》に訴《うった》えてもどうにもならないことはわかっているんです。ただ、残されたおかみさんが、ご亭主がいったいどうして亡くなったのかだけでも知りたいと……」

お奈津はなおも喰《く》い付いた。

「なんだ、急に聞いたようなことを。死人を金儲《もう》けの種にしている奴らが、とんだお笑い草だ。さあ、帰れ帰れ。表までお見送りしてやろう」

伝七が有無を言わせぬ勢いで立ち上がった。

その剣幕にお奈津ははっと息を吞んだ。

ぞくりと背筋が冷たくなった。

この男が先ほど話した過去の悪行は、やくざ者の親分としての箔《はく》を付けるためのでたらめなほら話などではない。間違いなくその手で人を殺《あや》めたことがある。

これまでの種拾いで培《つちか》った勘が、己の胸にそう告げていた。

恐ろしい事実が急に身に迫った。

話を聞き出してやろうとしていたときは少しも恐ろしくなかったはずの荒れ寺の暗がりに、伝七に嬲《なぶ》り殺された者たちの亡霊が漂《ただよ》っているような気がした。

「いいことを教えてやろう。悪い奴のことを読売に書くときは、相手が言ったことをそのまま書いちゃいけねえ。そんな間抜けなことをしたら、あとから恨みを買ってどんな酷《ひど》い目に遭うかわからねえぞ」

伝七はすっかり元の機嫌のよい調子に戻っている。

だが先ほどの殺気を感じてしまったあとでは、空恐ろしい姿だ。

「……わかりました。伝七親分のお話は、決してそのまま書いたりしません。人が聞いて恐ろしいと思うところは、できる限り省《はぶ》いて書きます」

伝七のあとに続いて表へ出ながら、お奈津は強張った声で言った。

「その逆だ」

「えっ？」

伝七が振り返った。

「悪い奴らを書こうってなら、実物よりも、もっともっと大袈裟《おおげさ》に悪く書いてもらわなくちゃ困る。お前たちが騒ぎ立てるお陰で俺の悪名がお江戸じゅうに轟《とどろ》くなら、こっちも付き合った甲斐《かい》があるってもんだ」

息を呑んだ。

たいへんな人物に関わってしまった。

やくざ者の太鼓《たいこ》持ちのような記事を書くつもりは毛頭《もうとう》なかった。

読売に書かれることは嘘か実《まこと》か定かではない噂話も多々ある。だが、お奈津には実際に誰かが話していたことをそのまま載せているのだという矜持《きょうじ》があった。書き手が、種拾いの相手に忖度《そんたく》して事実を大袈裟に書き換えることなどするわけにはいかない。

だが、どうやって断ればいいのかがわからない。

——あとから恨みを買ってどんな酷い目に遭うか。

伝七の先ほどの言葉は、紛《まぎ》れもない脅《おど》し文句だったのだと今さら気付く。

どうしよう、どうしよう。

腋《わき》の下を冷たい汗が流れる。

「さあ、気を付けておうちに帰りな。くれぐれも、気を付けてな」

伝七が朽《く》ち果てた門の向こうを指さして、したり顔で頷いた。

梅雨《つゆ》の合間の灰色の空が陰鬱《いんうつ》に広がっている。

しっかりしろ。今までもこんな危なっかしい局面はいくらでもあった。きっと切り抜けることができるはずだ。

お奈津が密《ひそ》かに拳《こぶし》を握り締めたそのとき。

目の前を山のような荷を積んだ大八車《だいはちぐるま》が駆け抜けた。

稲妻《いなずま》が落ちたような凄《すさ》まじい音が響き渡り、伝七の身体《からだ》が蹴《け》っ飛ばされたように消えた。

猛烈《もうれつ》な土埃《つちぼこり》が舞い上がる。

「きゃっ！」

お奈津は思わず悲鳴を上げてその場に伏せた。

うわー、という恐怖に満ちた男の叫び声。

駆け寄る足音。

たいへんだ、たいへんだ、と騒ぐ声。

「親分！　親分！」

荒れ寺の奥から怒声が響き渡る。

土埃の中に浮かび上がったのは、大八車に飛ばされた血塗《ちまみ》れの伝七の身体だった。

「軸棒《じくぼう》が折れているぞ！」

「車輪が外れたんだ！」

「嘘だろう？　こんな平坦な道で、いったいどうして……」

皆の不穏などよめきの中心で、今際《いまわ》の際《きわ》の伝七が潰された蜘蛛のように手足を別の方向へぎこちなく動かしていた。

おかしなほうへ曲がっていた伝七の首が、ぱたんと倒れてこちらを向いた。白粉《おしろい》を塗りたくったように真っ白な顔だ。

お奈津を見つめる瞳は既に光を失っている。驚愕《きょうがく》するように両目を見開いているのに、口元だけはだらしなく笑っていた。

執拗《しつよう》に口の端を上げては下げる気味の悪い笑みに身が凍《こお》り付くような気がする。

だが、ある刹那《せつな》にはっと気付く。

何かを喋ろうとしているのだ。

伝七が虚空《こくう》へ向かって血塗れの手を差し伸べた。

口元だけで、にやり、にやりと笑いながら、今にも飛び出しそうなほどに目玉が大きく開く。

と、伝七の口から血が迸《ほとばし》った。

溝から水が溢《あふ》れるような音の奥に、微《かす》かな呻《うめ》き声が聞こえる。

——お前たちか。お前たちがやったんだな。

最期《さいご》のときに、伝七はそう言った。

二

「偶然通りかかった大八車の車輪がいきなり外れてひっくり返り、逃げる間もなく轢《ひ》き潰されただって？　いいねえ、こうでなくっちゃな。伝七って奴は、皆が揃《そろ》って『ろくな死に方をしねえ』って話していたからな。筋金入りの悪党、ってのはあいつのことよ」

種拾いの元締めである金造《きんぞう》が、お奈津の書いた草稿を手に、心底愉快《ゆかい》そうな顔をした。

「この記事は売れるぞ。この憂《う》き世《よ》の奴らってのは、こういう嫌ぁな話が読みたくてたまらねえのさ。ひとつ注文を付けるとしたら、伝七の死に様をもっともっと詳しく書け。稀代の大悪党が、最期にはどんな悲惨《ひさん》な有様になって、どんなふうにこと切れたのかを微《び》に入り細《さい》にわたり、しつこく細かく書くんだ」

金造は年の頃は五十くらい、小柄な身体に禿頭《とくとう》、丸顔で目尻に深い皺《しわ》のある柔和《にゅうわ》な顔つきなのに、眼光だけは鋭《するど》い。性悪なお地蔵さま、とでもいうような風貌《ふうぼう》だ。丸い顔を綻《ほころ》ばせて、今にも舌なめずりをしそうな勢いだ。

「そうだ、伝七の昔の悪事についてもできる限り調べて、死に様と一緒に並べてやろうかね。そっちのほうは俺に任せておけ」

両手を擦《す》り合わせながら立ち上がろうとした金造が、ふと動きを止めた。

「どうした、お奈津？　妙な顔つきだな」

「い、いいえ。何でもありません」

慌《あわ》てて首を横に振った。

「おいおい、まさか死人を酷く書くのは夢見が悪い、なんてつまらねえことを言い出すつもりじゃねえよな？」

「いいえ、まさか！　そんなこと考えもしませんでした」

気を取り直して胸を張った。

「種拾いってのは、いい仕事だぜ。念入りに隠されちまった〝ほんとう〟をあっさり暴いて、この筆ひとつで悪を成敗することだってできるんだ。俺たちの仕事は皆に求められている大事なもんさ」

立派な御託《ごたく》を並べているわりに、金造の顔には皮肉混じりの陰がある。

「ええ、私だって常々、そう思っています。お江戸でいちばん鼻が利《き》く種拾いになれるよう、もっともっと精進します。では伝七親分の死に目については、きちんと明日までに書き上げますね」

大きく頷いたら胸の中をざらりとしたものが通った。

死に目、なんて嫌な言葉を平然と口に出す己のことを知ったら、里の皆はどう思うのだろう。

故郷の家族の顔が目に浮かんだ。

厳しい両親と利口な弟、それに優しい婆さまと五人で、貧しいながらも身を寄せ合って暮らしていた。

父は小さな寺子屋で手習いを教えていた。お奈津も七つ下の齢《とし》が離れた弟と共に、幼い頃から綺麗《きれい》な字を書けるよう、よい文《ふみ》を書くことができるようみっちり仕込まれた。

しかしその父は、お奈津が十四になった年に病に倒れてしまった。あっという間に家族は喰うにも困る暮らしになった。

弟はまれにみる利発で勤勉な子だ。どうにかして学びを続けさせてやりたいとの皆の願いを胸に、お奈津は江戸に働きにやってきたのだ。

女中奉公を紹介してもらう約束になっていた千駄ヶ谷《せんだがや》の口入屋《くちいれや》は、お奈津が口を開いた途端に渋い顔をした。

――小賢《こざか》しい女中ってのは、何より煙たがられるんだよ。

お奈津が漢文の読み書きまで難なくこなし、いかにも〝小賢しい〟整った字を書くと知った口入屋の眉間《みけん》には、もっと深い皺が寄った。

――こりゃ、困ったぞ。この子は本を読む。

口入屋は顔を顰《しか》めてずいぶん長い間、女房とひそひそと相談し合っていた。

女郎屋に売り飛ばされそうになったらどうやって切り抜けよう、なんて、腹の中で断り文句を考え始めたお奈津に、口入屋は作り笑いを浮かべた。

――お前にちょうどよい働き先がひとつだけあるぞ。

そうして金造のもとで、人の醜聞《しゅうぶん》や噂話、悲惨な事件や事故を詳《つまび》らかに暴き立てる、読売の種拾いという仕事の見習いを始めてようやく一年が経つ。

「頼んだぞ。読み進みながら、伝七の幽霊が暗い目をして背中の後ろにいるんじゃねえかとぞくりとするような、気味悪い記事を待っているぜ」

「お任せくださいな」

胸にじわりと浮かび上がる伝七の最期の姿をかき消すように、わざと気丈な声で応じた。

「おっと、そういや幽霊といえば、お奈津が好きそうな種があったぜ。子供ってのはみーんなお化け話が大好きって決まりだろう?」

金造がぽんと掌《てのひら》を打ち鳴らした。

確か伝七にも茶化すような調子で同じことを言われたと思い出すと、胸の奥に墨《すみ》が一滴、ぽたりと落ちたような気がした。

金造は傍《かたわ》らに積み上げた紙切れの山をごそごそやって、「これだこれだ」と呟《つぶや》く。

手渡された紙には《幽霊部屋の家守《やもり》》と一言、みみずがのたくったような汚い字で書き殴《なぐ》ってあった。

「幽霊部屋の家守……ですか?」

怪訝《けげん》な気持ちで訊《き》く。

家守とは住むところを借りたいという人に、希望に合う家を選んで紹介する仕事だ。

お江戸は、国じゅうからたくさんの男女がひとりで出稼ぎに集まる場所だ。女は女中奉公として住み込みで働く場合が多いが、男はほとんどが里から出てきてすぐに長屋の狭い部屋を借りるので、出稼ぎの多い不作の年は家守の仕事は目が回るような大忙しだと聞く。

「そうだ、人が殺されたり自ら死んだり、はたまた長い間誰にも見つけてもらえなくてすっかり仏の姿が変わっちまったり、そんな曰《いわ》く付きの部屋ばかりを人に貸す家守がいるって話よ」

「つまりその部屋には幽霊が出る、と」

――幽霊なんていやしねえ。

伝七の得意気な声が耳の奥に蘇《よみがえ》った。

「そういうことにしておけば、読売を買う奴らが手を叩いて喜ぶのは間違いねえな」

金造がにやりと笑う。

「その家守はどこにいるんですか？」

「このすぐ近くだ。千駄ヶ谷寂光寺《じゃくこうじ》の境内《けいだい》に面した家だ。そこで年寄りと一緒に暮らしている、直吉《なおきち》って名のまだ二十《はたち》にもなっていない若い男さ」

「若い男、ですか……？」

家守とは、家を探す人と貸主を繋《つな》ぐだけが仕事ではない。借主がそこで暮らし始めてから問題が起きれば、大家《おおや》と一緒になって何とか丸く収めなくてはいけない。

曰く付きの家ばかりを扱うなんて、ちょっと聞いただけでも面倒事が多そうだ。

家守の経験が長い、酸《す》いも甘いも嚙《か》み分けた初老の男を勝手に思い描いていた。

「ああ、それもなかなかの男前って話だ。どうだ、気になるか？」

金造がにんまりと笑って目配せをした。

「見た目の話よりも、その直吉って男はどんな気質なんでしょうか？」

幽霊部屋の家守なんて仕事をしている男が、底抜けに明るい話好きで何でもぺらぺら喋ってくれる、なんてはずはないだろう。

「なんだ、色男なんかに興味はねえってか。つまらねえな。お江戸広しといえども、顔がいい男ってのはそうそう転がっているもんじゃねえんだぜ。なにせ男は化粧ができねえからな」

金造は己の頰《ほお》をぴしゃりと叩いた。

「種拾いにとっちゃ、若い男ってのは厄介だ。十五から二十歳くらいの若い男ってのは、とことん口が重いって決まりだからな。こっちが脅しても宥《なだ》めすかしても、うんともすんとも言わねえもんさ。けどお奈津、お前もそろそろ上手《うま》いやり方を覚えなくちゃいけねえぜ。にこにこ愛想《あいそ》よくして色目でも使って、直吉がこそこそ何をやっていやがるかを暴き立ててやるんだ」

またこれだ。本気でそうさせるつもりでないとはわかっていても、金造が気軽に口に出すこんな冗談は少しも笑えない。

お奈津は肩を竦《すく》めてみせた。わざと子供じみた膨《ふく》れっ面《つら》で返す。

色仕掛けを使って種拾いの仕事を上手く進めようとするなんてまっぴらだ。私は知恵と度胸《どきょう》だけで、この憂き世を渡ってみせる。

「直吉の客は、そこが曰く付きの部屋だと知らされずに借りているんでしょうか？だとしたら、ずいぶん悪どい家守ですね。相当の上前《うわまえ》をはねているに違いありません」

お奈津は普段より低い声の早口で言った。

「そこんところを調べるのがお前の仕事だ！　さあ、今日もお天道《てんとう》さまの下、世のため人のため、まっすぐ真面目《まじめ》に働かせていただこうじゃねえか！」

金造はお奈津の背を力いっぱい叩くと、折れた歯を見せて豪快《ごうかい》に笑った。

三

寂光寺はその名のとおり日の光が寂しく差す、昼間でも薄暗い人気《ひとけ》のない寺だった。

重苦しい気配が漂う気がするのは、分厚い曇り空のせいだと思いたい。

お奈津は怖気《おじけ》付きそうになる心持ちを奮《ふる》い立たせて、周囲を見回した。

「おはようございます。どなたかお探しですか？」

背後から急に声を掛けられた。慌てて振り返る。

箒《ほうき》を手に掃《は》き掃除《そうじ》の最中のお寺の小僧だ。お奈津と同じくらいの年頃だろうか。

働き者らしくところどころ擦り切れた作務衣《さむえ》姿で、親切そうな笑みを浮かべる。

「いえ、ええっと」

きょろきょろと落ち着きなく周囲を窺っていたのを、見られてしまったに違いない。

ちょっとそこまでお散歩に、と誤魔化《ごまか》すには苦しい。

「小鳥を探しているんです。ここいらで身体が青くて嘴《くちばし》が金色の小鳥を見ませんでしたか？」

青い小鳥、それも嘴が金色の小鳥なんて見たことも聞いたこともない。

近所の者に何をしていると見とがめられたときにはこう答えろ、と金造に言い含められていた言い訳だ。

「ええっ！　小鳥が逃げてしまったんですか！　それはたいへん、ご心配でしょう。私も一緒に探しましょう！」

少しも疑うことない親切な小僧に、申し訳ない気持ちになる。

「どうぞ境内を見て回ってください。屋根にも、好きに上がっていただいて結構ですよ。場合によっては墓石によじ上ったりしても、まあ別にそのご事情でしたら仏さまにも許していただけるでしょう。ここの墓所にいらっしゃるのは皆さん、生きている者に優しいお方ばかりですから」

おやっ、と小僧の顔をまじまじ見つめる。

ただの小僧にしてはずいぶんとしっかりした物言いだ。まるでここは己の寺であるかのような……。

「申し遅れました。私がこの寂光寺の住職、月海《げっかい》と申します」

「ご住職でしたか。とんだ失礼を」

慌てて深々と頭を下げた。

ずいぶん若く見えたので、まさかこの寺の住職だとは思わなかった。

仏の教えを伝える住職相手に小鳥を探しているなんて嘘をついてしまったのか、と思うと、罰当《ばちあ》たりなことをした気がする。

「え？　何も失礼なことなどございませんよ。先代が早くに亡くなりましたものでね。よく小僧に間違えられるんです。ああっ！」

月海が空を指さした。

「あっ！」

お奈津も思わず声を上げた。

灰色の空を、まさに青い羽に金色の嘴の小鳥が横切ったのだ。

「あの子に間違いありませんね！　すぐに追いかけましょう！」

月海が箒を放り出して走り出す。

これまでどんな本でも見たことがない、珍しい色の小鳥だ。

私が適当に頭の中で作り上げた小鳥が、今ここでほんとうに現れるなんて。

狐に抓《つま》まれたような心地になりながらも、慌てて月海のあとに続いた。

小鳥は幾度か悠々と木の枝に止まったりしてから、寺の境内に面した小さな古びた家の庭へ入った。

「お嬢さん、ご安心ください。ここの家の直吉は私の弟みたいなもんです。おうい、直吉！　おテルさん！　そっちに小鳥が行っていないかい？　青い羽に金の嘴の珍しい小鳥だよ！」

月海が声を張り上げた。

――直吉。

はっと息を呑んだ。

しばらくの沈黙。

家の陰から音もなくひとりの男が現れた。

背が高く目尻がすっとした端整な顔立ちだ。鍛えられた身体をしているのに、ひどく顔色が悪い。

男は月海の背後のお奈津に目を留めて、いかにも奥手な若者らしく頷くような挨《あい》拶《さつ》だけをした。

「青い羽に金の嘴。こいつのことだろう？」

男が肩に乗った青い小鳥を指さした。

小鳥は金色の嘴を震わせて、ちゅん、ちゅん、と美しい声で鳴いた。

「わあ、直吉、ありがとう。助かったよ。お嬢さん、大事な小鳥さんに再会できてほんとうによかったですね。もう二度と逃がしちゃいけませんよ」

直吉がお奈津をじっと見た。

微かに怪訝そうなものが宿った気がする。

ここでへまをするわけにはいかない。

「あ、ありがとうございます。嬉しい、会いたかったわ。おかえりなさい」

この仕草で合っているのだろうかと思いつつ、お奈津は小鳥に向かって人差し指を差し伸べた。

小鳥は、ちゅん、と鳴いて大人しくお奈津の指先に乗った。

「ずいぶんよく人に慣れていますね。よほど大事にされていたんですねえ」

月海が嬉しそうに目を細めてから、直吉に向き合った。

「直吉、済まないねえ。客が来ていたところだろう？　お邪魔《じゃま》したね」

「いや、ちょうど帰ったところだ。内藤新宿《ないとうしんじゅく》の麹屋《こうじや》横丁の長屋を貸すことになった」

お奈津の耳がぴくりと動いた。

「おっと、もう一度。内藤新宿の、麹屋横丁だな？　借主はどんな人だい？」

月海がちょっと待て、と指先を上げた。

「半兵衛《はんべえ》って名の、力自慢の気仙大工《けせんだいく》さ。飲み代《しろ》が嵩《かさ》んで少しでも稼ぎを手元に残しておきたいってことで、ここを聞き付けてやってきたんだ」

「半兵衛、半兵衛、気仙大工の半兵衛、覚えたぞ」

月海が少々おどけた調子で言って、剃《そ》り上げた頭をぽんと叩いた。

「月海はそんなこと覚えなくていいぞ、と言いたいところだけれどな」

直吉は力なく笑ったかと思うと、急にお奈津に目を向けた。

「あんた、ずいぶん真剣な顔つきだな。まるで月海と一緒になって、忘れないようにと己に言い聞かせているみたいな顔だ」

「え？　何のことでしょうか？」

とぼけた顔をして、首を傾《かし》げた。

掌の上で小鳥が、ちゅん、と鳴く。

腋の下を冷たい汗が流れる。

「お二人とも、今日はこの子を見つけていただいて、ほんとうにありがとうございました。この御恩は決して忘れません」

部屋を借りた客の名、これから住むことになる場所、欲しい種はすべて拾った。

直吉の不審《ふしん》な気持ちが膨らんでしまう前に、早めに切り上げなくては。

「なあ、その子の名、何ていうんだい？」

振り返りかけたときに、また直吉に呼び止められた。

「——鳥太郎《とりたろう》です」

一瞬でも口ごもってはいけない。ただ頭の中に浮かんだ言葉を弾《はじ》かれたように答えた。

「鳥太郎……。珍しい名ですね。いや確かに鳥には違いありませんが」

月海がきょとんとした顔をした。

「ええ、鳥太郎です。私の大事な大事な相棒です」

お奈津がそっと指先で頭を撫《な》でると、鳥太郎は楽し気にまた、ちゅん、と鳴いた。

四

内藤新宿の麴屋横丁。

「ええっと、確かこの辺りに」

お奈津は行燈《あんどん》の微かな明かりの灯《とも》った部屋で、行李《こうり》の中を探った。

金造のところに見習いに入ってから、お江戸で出された読売はすべて集めて大事に行李にしまい込んでいる。

事件や事故が起きたときに過去の読売の記事を見返してみると、案外はっきりとそこへ繋がる事実が書かれていたりする。

そんなふうに金造に言われてこの一年、暇さえあれば、昔の読売を読み返すようにしていた。

「……あった！」

三月前の読売を取り出した。

あまり大きな事件が見つからず、かといって何かが起きるまで読売を出すのを休んでいるわけにもいかず、ということで、普段よりも出所の怪しい艶《つや》っぽい噂話ばかりを集めた紙面だった。

麹屋横丁の記事は、その隅のあまり目立たないところにあった。

《麹屋横丁のおたつ、間夫《まぶ》に殺され息絶え候《そうろう》》

おたつという女は、女房持ちの男と情を交わしていたという。

ある日、情のもつれで情夫《じょうふ》と口論になったおたつは、女房にすべてをぶちまけてやると騒ぎ立てた末、頭に血が上った情夫に殺された。

記事には大きな刃物を振り上げる男と逃げ惑《まど》う女の挿絵が、いかにもおどろおどろしく描かれていた。女の首元から血しぶきが上がっている。

「なんだ、よく聞く話だわ」

種拾いらしい冷めた声でそう嘯《うそぶ》いて、いつの間にか鳥肌がびっしり立った二の腕を強く擦《さす》った。

男も女も、里から出稼ぎにやってきたひとり者の多いこのお江戸では、痴情《ちじょう》のもつれによる揉め事は日常茶飯事だ。

その揉め事が殺しにまで進むことは、さすがにそう多くはない。

だが金造ほどの練《ね》れ者《もの》になると、殺しの知らせを聞いても、格別人目を惹《ひ》く毒がない限りは、「そんなのは記事にしても面白くねえなあ」なんて平然と耳をほじっている始末だ。

思ったとおり、直吉が紹介した部屋では人が死んでいた。まともな人ならば近付くのも気味が悪い不吉な部屋だ。

「借主の半兵衛は、お江戸に出てきたばかりの気仙大工、って言っていたわね。この事件を知っているはずがないわ……」

眉間に皺を寄せて、凄惨《せいさん》な殺しの場面を描いた挿絵を見つめた。

女は男の握った刃物に追われて、四《よ》つん這《ば》いになって框《かまち》から身を乗り出している。どうにかして外に逃げ出そうとしたところを、背後からとどめを刺されたのだろう。

これが仕事だと気を張っているときには、どんな残酷な光景を描いた絵でも怖いなんて少しも感じなかった。

だがこうして改めて暗い部屋の中で見つめていると、なんて不吉な絵だろうと思う。

背筋が強張って頭が重くなってくる。

早くこんなものは畳んで片付けたいのに、金縛《かなしば》りに遭ったように、ただその絵に目を奪われてしまう。

ちゅん、と鳴き声が聞こえた。

そんな気味の悪い絵をじっくり眺《なが》めちゃいけないよ、とでもいうような呑気《のんき》で明るい鳴き声だ。

顔を上げると、鳥太郎がちゅんちゅんと鳴きながらこちらへ跳《は》ねるようにして近付いてくる。

結局あれからこの青い小鳥は、一切逃げる様子もなくお奈津の部屋にまでくっついてきたのだ。

腹が減っているのかと菜の切《き》れっ端《ぱし》と粟《あわ》を与えてやったら、今までずっとそうしていたようなくつろいだ調子ですっかり平らげた。

外はしとしとと重苦しい雨が降っている。きっと明日も雨だろう。

鳥だって屋根のあるところで休みたい日もあるのだろうと、鳥太郎の好きにさせていた。

鳥太郎が広げた読売の上を跳ねる。

「こら、やめてちょうだいな」

思わずふっと笑みを漏《も》らした。

この部屋で誰かに話しかけたのは初めてだ。

里の暮らしでは家の中には必ず誰かがいた。朝起きてから夜寝るまで、常に人の声が聞こえていた。寂しさなんて少しも感じる暇がないほど騒々しい毎日だった。

それがお江戸へ出てきてからは、奥行き九尺二間《くしゃくにけん》の狭い長屋の部屋で、ただ疲れ果てて眠るだけだ。

「おいで、鳥太郎」

手を差し伸べると、鳥太郎が羽搏《はばた》いて指先に止まった。

小鳥の羽の煌《きら》めきと羽搏く音の心地よさに、ほっと息を吐く。

「私たち、仲良くしましょうね。もちろん、あなたがお外に戻りたいと思ったら、いつでもそうして構わないけれど」

鳥太郎は賢そうに首を傾げて、お奈津の言葉を聞いている。

「そうだ、そこの障子の隅っこ、穴が空いているのよ。ちょうど鳥太郎だったら潜《もぐ》れるくらいの穴だから、あそこから出入りするといいわ。きっと前にここに住んでいた人が、間違えて破いちゃったのね。いったいどうやったら、あんなところに穴ぼこが空くのかわからないけれど」

障子の高い位置を指さした。

障子紙が破れて、赤ん坊の拳ほどの小さな穴が空いている。

冬場にはここから隙間風《すきまかぜ》が吹き込んで、この部屋はひどく寒くなるのだ。

穴を塞ぎたいと思っても、男の背丈でも簡単に届かないような高い位置だ。このために大家と話したり職人を部屋に呼ぶのも億劫《おっくう》で、騙し騙し一年が過ぎてしまった。

「ほんとうに、いったいどうやったら、あんなところに穴ぼこが空くのかしら……」

先ほどの己の言葉を繰り返す。

ふいに、自分の前にこの部屋で暮らしていた者がいるのだ、という当たり前のことに気付く。

ほんの刹那だけ息を止める。

「そんなこと考えても仕方ないわね」

己に言い聞かせるように呟いた。

「さあ、鳥太郎、そろそろ寝るわよ。あら、一緒には寝ないわよ。私、すごく寝相が悪いからあんたのこと押し潰しちゃうもの。その小物入れ、寝床代わりに使ってちょうだいな」

お奈津は掻巻《かいまき》を頭まで被ると、ぎゅっと目を閉じた。

五

半兵衛は日が傾きかけた頃、大工道具を肩に載せて長屋に戻ってきた。

浅黒く日焼けして、腕がお奈津の胴まわりくらいもある、いかにも出職《でしょく》の職人らしい、筋骨隆々《きんこつりゅうりゅう》としたたくましい男だ。

今日はここ数日でいちばん雨足の強い日だ。

急ぎの作事だったのか、部屋に戻ってきた半兵衛は頭の先から足の先まで濡《ぬ》れ鼠《ねずみ》だった。こんな日はこのまま朝まで疲れた身体を休めて過ごすに違いない。

そう諦めかけたところで、半兵衛の部屋の戸が開いた。

仕事着の股引《ももひ》きに藍色半纏《あいいろはんてん》姿から小ざっぱりした浴衣に着替えた半兵衛が、傘を手に表に出る。

お奈津は息を潜《ひそ》めてそのあとを追った。

半兵衛は足元の悪さを少しも気にしない様子で水を撥《は》ね飛ばしながら歩くと、近くの居酒屋に辿《たど》り着いた。

「親父《おやじ》、今日もずいぶん降られちまったな。いつものをくれよ」

半兵衛は居酒屋の入口で濡れた顔を拭《ぬぐ》った。

こっそり背後から覗《のぞ》いてみると、雨のせいか店の中にほとんど客の姿はない。

お奈津はよしっ、と胸で呟くと、半兵衛が戸を閉める前に居酒屋に一目散《いちもくさん》に飛び込んだ。

「おっと」

半兵衛が閉めかけた戸を慌てて開ける。

「すみません。助かります」

素早く傘を閉じたその流れで、手が滑《すべ》ったふりをして半兵衛の太股《ふともも》辺りを狙って傘の先を勢いよくぶつけた。

「うわあっ！」

ふいを突かれて、半兵衛が悲鳴を上げた。

「きゃあ！　ごめんなさい、ごめんなさい！　どうしましょう。お怪我《けが》はないですか？」

怪我をしないような場所を狙ってちゃんと加減をしたつもりではあるが、痛い思いをさせてしまったことは間違いない。半分は本気で謝る。

「平気だ、平気だ。こんなのなんともねえや。ちょっくら驚いただけだよ」

半兵衛が頭を掻《か》いた。

「どうもすみません。お詫びに一杯奢《おご》らせてくださいな」

心から済まなそうに言う。

「へ？　いやいや、あんたみてえな年端《としは》もいかねえ娘に金を払わせるわけにはいかねえぜ。そうしたらさっきのことは水に流して、よかったら今日だけ一緒に呑んでくれるかい？　い、いや、下心は一切ねえんだ。ただ話し相手が欲しいだけさ」

半兵衛は、「ここんところ、雨続きだろう？　もう幾日も仕事以外じゃ誰とも喋ってねえんだ」と、どこか照れくさそうに続けた。

「お兄さん、ここは常連さんなんですか？」

どうやら悪い男ではなさそうだ。

「まだ通い始めたばかりだけれどな。ここの田楽《でんがく》は絶品だぜ」

半兵衛は得意気に炊事場《すいじば》に目を向けると、

「俺は半兵衛ってんだ。ここいらの作事場で大工仕事をしている」

と、笑った。

「奈津といいます。それじゃあ私も、その絶品の田楽をお願いします」

二人で並んで腰掛けた。

「まったくお江戸ってのは、美味《うま》いもんばかりだ。田楽なんて洒落《しゃれ》たもん、こっちへ来てから初めて喰ったぜ。こうやって串を握って喰うってのが、飴《あめ》ん棒《ぼう》を舐めているみたいで愉快だねえ」

半兵衛はちっとも見栄を張らずに気さくな様子だ。

こんな相手には、隠し立てせずにこちらの素性《すじょう》をすっかり明かしてしまったほうがよさそうだ。

「へえ、読売の種拾い、ねえ。そんな仕事があるなんてな。それじゃああんたは、女だてらに読売に記事を書いているのかい？　へええ。お江戸ってのはまったく進んだもんだねえ」

お猪口《ちょこ》を手に、半兵衛は感心した顔をした。

「俺の里じゃ、読売に書くことなんて何もありゃしねえや。隣近所の皆がお互いの家の中のことなんてとっくにぜんぶ知っていて、村じゅうみんなが家族みてえなもんだからなあ」

「お江戸にはいつ出ていらしたんですか？」

さりげなく訊いた。

「一月《ひとつき》前さ。しばらくはこのすぐ近くで、同郷の奴ら五人で一間《ひとま》に暮らしていたけれどね。さすがに窮屈過ぎて部屋を探すことにして、ちょうど十日前にそこの麴屋横丁に越してきたのさ」

「麴屋横丁ですか」

さあ、ここからだ。どうやって話を聞き出そう。

「麴屋横丁、もしかしてあんたは知っているかい？　俺の部屋は死人が出たって話さ。だからあの辺りの相場よりずいぶん安いんだ」

「えっ！」

驚いた。

まさか半兵衛が、あそこが死人が出た部屋だと知って借りることにしたなんて。

「内藤新宿の、麹屋横丁、ですよね。そうでしたか。ずいぶん前に聞いたような気がします。でも、どうしてそんな部屋に？　怖くないんですか？」

どうにか取り繕《つくろ》いながら訊く。

「怖いことなんて少しもねえ。それより今の俺には、飲み代が浮くほうがずっと大事さ」

半兵衛が力こぶを作ってにやりと笑ってみせた。

「幽霊が出たら、と怖くなりませんか？　殺された女の人が化けて出たりしないかって……」

半兵衛の眉がぴくりと動いた。

「今、殺された女、って言ったね？　あんたやはり、あの部屋で何があったか知っているんだな？」

酔いが回り始めた赤い顔で、いかにも面白そうに目を見開く。

あっ、と額《ひたい》を叩きそうになる。

「えっと、たぶんあの事件のことかな？　と思うものはありますが」

「教えてくれよ」

半兵衛が身を乗り出した。

「家守からは、何も聞いていないんですか？」

「俺のほうから、そんなつまんねえ話は聞かなくていい、って言ったのさ。昔にあったことなんて、今の俺には何も関係ねえだろう？」

豪快に笑う。

「なら、聞かないままにしておいたほうが……」

「いや、せっかくだから聞かせてくれよ。いい酒の肴《さかな》さ」

半兵衛の目がとろんと垂れていた。

酔っぱらってずいぶん気が大きくなっているのだろう。

「さあ、頼むよ」

先ほどより大きな声で酒臭い熱い息を吐く半兵衛に、お奈津は思わず後ずさった。

「わかりました。聞いて後悔しませんね」

「後悔なんてするはずがねえさ！　そんなちっちぇえ男だと思われるのは心外だぜ！」

半兵衛はげらげら笑いながら、馬の首筋のように筋の張った太股をぴしゃりと叩いた。

六

「いいぞ、ずいぶんよくなったぞ。これだけ品なく、えげつなく伝七の死に様を書いたなら、挿絵描きの絵師の仕事もずいぶん楽になるってもんよ。いやしかし、お前みてえな娘っ子にとんだ才が眠っているもんだな。文から血の臭《にお》いが上がってくるようなこの薄気味悪い感じは、男には書けやしねえや」

金造はお奈津の書き上げた草稿を手に、しきりに頷いた。

部屋には墨の匂いが濃く漂う。文机《ふづくえ》の上には過去の読売、己の帳面、幾度も書き損じた書きかけの草稿が雑然と散らばっている。

お奈津の部屋とまったく同じ有様の、まさに没頭して記事を書いている最中の種拾いらしい部屋だ。

「ここの『赤黒く染まった土の上で、六方に曲がった軀《むくろ》が潰れた虫のように……』って辺りなんざ、ちょいと想像しただけで反吐《へど》が出そうだ」

いちいち顔を顰めてみせては、満足そうに笑う。

「それでは、伝七親分の記事はこれで出来上がりですか？」

この調子ならば、大きく書き直しを命じられる羽目にはならなくて済みそうだ。

お奈津はほっと息を吐いた。

「ああ、ご苦労だったな」

金造は金子《きんす》の包みを差し出してから、ふと真面目な顔をした。

「けど、ひとつだけ気になることがあるな」

「何でしょう？」

胸がぎくりと震えた。

金造の声色《こわいろ》に、記事のまずさを指摘するだけではないものを感じた。

「お奈津のこの記事がほんとうなら、伝七は、すぐにはこと切れなかったんだろう？　己の血の海の中で目ん玉をかっ開いて、断末魔《だんまつま》の唸《うな》り声を上げていた、って……」

「ええ、そのとおりですよ。私がこの目で見たままを、金造親方に言われたようにしつこく、しつこく書いたんですから」

無理に明るい調子で頷いた。

「伝七の野郎、最期に何か言っていただろう？　今際の際に、喉元《のどもと》から己の命を振《ふ》り絞《しぼ》るようにして、何かとんでもねえことを言い残したはずだぜ？　人殺しの死に目ってのは、そうじゃなくちゃいけねえんだ」

金造が声を潜めた。

ほんの刹那だけ、お奈津とまともに視線がぶつかり合う。

――お前たちか。お前たちがやったんだな。

最期のとき、伝七は虚空を見据えて確かにそう言った。

伝七の視線の先を振り返ってみた。でもそこにはいくら目を凝《こ》らしても誰もいなかった。

すっと穴に落ちていくような気がした。

急に身体ががくがく震え出した。歯の根が合わず膝《ひざ》が笑った。

幽霊なんていない。お化けなんて、妖怪なんていない。

伝七さんはそう言いましたよね？

そうなんですよね？　今もそうだと言ってください！

血塗れの伝七の肩を摑《つか》んで問いただしたかった。

お奈津が見つめる前で、伝七の顔がゆっくり変化した。

一切の血の気《け》の失せた白い顔。それがみるみるうちに萎れて、紙のように皺くちゃになった。

あとに残ったのは、皺に埋もれ、赤ん坊が力の限りに泣き叫ぶような表情を浮かべた、なんとも奇妙な死人の顔だった。

「最期の言葉ですか。そんなものはありませんでしたよ。もし仮にあったとしても、あの場の凄まじい喧騒《けんそう》で聞き取ることができませんでした。伝七親分にはお気の毒ですが」

本当のことを言ったら、あの場で感じた恐ろしさが蘇ってきそうだった。引き攣《つ》った顔でもしてしまって、金造に笑われるのは嫌だ。

できる限り涼しい顔で応えた。

金造は「へえ、そうかい」と、つまらなそうな顔であっさり引き下がった。

この話はまた日を改めて、というところだろう。

金造が覚えたぞという調子で、人差し指でこめかみの辺りを軽く叩いた。

いつか話の種になりそうなことを見つけると、金造はこうして頭の中にしまい込むのだ。

「そういや、幽霊部屋の家守の話はどうなってる？　何かわかったか？」

「そうでした！　早速、家守の直吉に会ってきました。一見したところでは、取り立てて変わったところのない若い男です。人当たりがよいわけではありませんが、そこまで悪いわけでもなく、まあ、まさに取り立てて変わったところのない……」

「ってことはつまり、何かを隠していやがるんだな」

金造の目が光った。

「……そうかもしれませんね」

お奈津は頷いた。

「直吉と、寂光寺のご住職との会話から、ちょうど半兵衛という気仙大工に、内藤新宿の麴屋横丁の部屋を貸したばかりだとわかりました」

「内藤新宿の麴屋横丁か！　女が間夫に殺された事件だな。あそこの種拾いをしたのは、うちの若い奴だ。あの事件なら、記事にはならなかった種がたくさんあるぜ。そこいらに紙束があるから持っていきな」

金造がこめかみを触りながら、身を乗り出した。

「ありがとうございます。ですが、半兵衛から話を聞いてみて驚きました。半兵衛は己の部屋で人が死んだことを知っていました。知っていて、飲み代を浮かせるために店賃《たなちん》の安いあの部屋を選んだんです」

「へえ?」

金造が拍子《ひようし》抜《ぬ》けした顔をした。

「……それじゃあ、どちらも何も文句はねえな」

「ええ、確かに半兵衛は、いかにも怖いもの知らずの男でした。幽霊、なんて怖がるようには見えませんでした。家守の直吉は、曰く付きの部屋を幽霊なんてちっとも気にしない人に安く貸して、借主貸主どちらにも喜ばれる、という至ってまともな商売をしているだけです」

——幽霊なんていやしねえ。

お奈津はぴくりと眉を顰《ひそ》めた。

どうしてここでまた伝七の声を思い出すんだろう。

「なんだ、そうかい。つまらねえ話だな。まあ、種拾いってのは、こうやって無駄足を踏むのも仕事のうちさ。気を取り直して、今度はこっちを頼むよ。花魁《おいらん》と歌舞《かぶ》伎《き》役者の心中騒動さ。ちょいと聞いただけで、ぱあっと華やかな感じがするだろう? この事件は面白くてね、二人とも上手い具合に雲隠れしたもんだから、どうやら上手く生き延びて沼津宿《ぬまづしゅく》あたりで籠《かご》を被って、虚無僧《こむそう》の真似事《まねごと》をやっているとかいないとか……」

どこへ行ったたっけかな、と呟きながら、紙の束を取っては眺めしていた金造が、ふいに動きを止めた。

睨《にら》むような鋭い目でお奈津に目配せをした。

「……表に誰かいる」

「えっ？」

お奈津は身構えた。

「この部屋の戸の前だ」

「記事に書かれて恨みを持った人でしょうか？」

金造が框のところに置いている火掻《ひか》き棒《ぼう》に目を走らせた。

この仕事は常に人の恨みを買うものだ、普段から背後に気を付けろ、と再三、金造から聞かされていた。

「そこで待ってろ。俺がやられたら障子を蹴破って逃げろよ」

金造が火掻き棒を後ろ手に戸口に近付いた。

「誰だ？　そこにいるのはわかってる。用があるってんならこっちは逃げも隠れもしねえぞ。そんなこそこそした真似をしねえで、きちんと膝を突き合わせて話そうじゃねえか」

低い声で訊く。

戸の向こうで人が動く気配を感じた。

「……あんたが種拾いの親方の金造かい？」

お奈津はあっと声を上げた。

聞き覚えのある声だった。

「ああそうだ、お前は誰だ？」

「半兵衛だよ。気仙大工の半兵衛だ。あんたのところのお奈津、って種拾いと話させてもらいてえんだ。このままじゃ気が狂っちまうんだ」

今にも泣き出しそうな半兵衛の声は、前に会ったときが嘘のように萎《しお》れ切っていた。

七

金造に招き入れられた半兵衛を見て、お奈津は思わず声を出しそうになった。

真っ黒な顔だ。白目だけが落ち着きなく左右にちらちらと動いている。

泥で汚れているわけでもなければ、日焼けの朽葉色《くちばいろ》でもない。

半兵衛の窶《やつ》れた顔全体が、濃い黒い靄《もや》に覆《おお》われたようになっている。

顔に影が落ちているのだ。

そう気付いたら、背筋がぞくりと寒くなった。

「ああ、あんたか」

半兵衛はお奈津を見て、泣き笑いのような顔をした。

「なんとも情けねえ話だよ。穴があったら入りてえくらいにみっともねえ話さ。けどな、出ちまったんだよ」

半兵衛が落ち窪《くぼ》んだ目元を眩《まぶ》しそうに細めた。

居酒屋で呑気に盃《さかずき》を交わしてから、まだ十日も経っていないとは思えないほど痩《や》せていた。

「出た、って……いったい何が出たんだい？」

金造が興奮を抑え切れない口調で下唇《したくちびる》を舐めた。

「幽霊だ。血塗れの若い女の幽霊が出るんだ」

「へえ、血塗れの若い女の幽霊、ねえ。そりゃいけねえや。ちっとも眠れやしねえだろう？」

金造がこめかみを人差し指で叩いた。

ぎょろりと目を巡らせて、お奈津に目配せをする。

いいぞ、これは種になるぞ。

鋭い眼光はそう言っていた。

「その幽霊の話、ってのを詳しく聞かせてもらえるかい？」

「ああ、もちろんさ。最初はお奈津と酒を呑んだ、その真夜中さ。ふいに目が覚めて厠《かわや》に出たんだ」

あの夜はどうも寝苦しかった。寝汗をかいたせいなのか身体が妙に冷えて。それなのに頬だけが火照《ほて》っていた。

――これは悪い風邪《かぜ》をもらってきちまったかもしれねえな。

半兵衛は嫌な予感に眉を顰めて、長屋の路地の奥にある厠で用を足した。

小便をしながら、ぶるりと震える。

耳元で誰かが囁《ささや》いた気がした。

――ああ、眠い、眠い。まだまだ寝足りねえや。今日はちょっくら飲み過ぎたねえ。

今のはきっと空耳だ。わざと呑気にそんな声を出してみた。

――いたい、いたい。

今度ははっきり聞き取れた。若い女の声だ。

思わず周囲を見回す。

真っ暗な厠の中だ。もちろん半兵衛の他に誰もいない。

長屋のどこかの部屋から漏れ聞こえている声だろうか。怪訝な心持ちで天井《てんじょう》を見上げる。

――うしろ。

耳元に生温かい風がかかった。息を呑んだ。

ゆっくり振り返ると、そこには首が横に倒れた血塗れの女が立っていた。

首を大きな刃物で一息に切られたのだろう。剝《む》き出しになった首の骨が切り株のようだ。

女は己の身体が取り返しのつかない姿になってしまったことに困惑するように、傷口の辺りに手を添えて哀《かな》し気な目でこちらをじっと見つめていた。

――たすけて。おねがい、たすけて。

女は縋《すが》るように半兵衛ににじり寄る。女の白粉の匂いと血の臭いが濃く漂う。

――で、出た！　出た！

悲鳴を上げようとしても、夢の中のように喉が強張って声が出ない。

女の指先が半兵衛の頰に触れた。氷のように冷たく骨のように固い指だ。

――うわあ！

悲鳴と共に厠から飛び出した半兵衛は、その場で気を失ってしまったという。

「ちょいとお待ちくださいな。その女は、幽霊画に出てくるような白装束《しろしようぞく》でしたかい？」

金造は少しも茶化さずに真面目な顔で訊く。

「いや、細縞《ほそじま》の小袖《こそで》だ。けど髪だけは、幽霊画みたいな洗い髪だったね」

半兵衛が嫌なことを思い出したという顔をした。

「あれから、部屋の中にこれが落ちてるんだ。どれほど掃除しても必ずだよ」

半兵衛が懐《ふところ》に手を入れた。

「ひっ！」

金造が弾かれたように後ずさりした。

半兵衛が差し出した手を開くと、そこには櫛《くし》で梳《す》いた抜け毛というには多過ぎる量の、長い黒い髪の毛が握られていた。

「そ、そりゃ気味が悪いねえ」

金造は己の心ノ臓を撫でるように軽く胸を叩いた。

「ちょっとよろしいですか？」

お奈津は半兵衛の握った髪を指先で摘《つ》まんで、しげしげと眺めた。

横の金造は、そんなことがよくできるな、とでもいうように血の気が引いた顔だ。

「まだ毛根がしっかりありますね。紛れもなく人の、それも若い女性の豊かな髪の抜け毛です。これがたくさん散らばっているということは、どうやら、半兵衛さんの側にはほんとうに女の人がいるようですね。誰かが悪戯《いたずら》で付け毛をばら撒いている、なんてわけではなさそうです」

金造と半兵衛が、薄気味悪そうに顔を見合わせた。

「このこと、家守の直吉さんには話しましたか？」

半兵衛は首を横に振った。

「い、いや。死人が出たとわかっていて借りておいて、やっぱり怖くなったから部屋を出たいなんて、そんなみっともねえこと言い出せねえさ」

「でも、私と居酒屋で会った夜までは、幽霊なんてまったく現れなかったんですよね？」

「ああそうさ、あんたのせいだよ」

半兵衛が悲痛な声で呻いた。

「私のせい？」

お奈津は目を見開いた。

考えてみれば確かにそのとおりだ。

いくら半兵衛に頼まれたからといって、まさにその部屋で暮らす住人に事件の顚《てん》末《まつ》を伝えるなんて、あまりにも迂《う》闊《かつ》な振る舞いだった。

半兵衛がすべて知っているものとばかり思い込んで、気軽に話し始めてしまったのがそもそもの大間違いだ。

「い、いや、口が滑った。悪かったよ。ぜんぶ俺のせいさ。俺が酔っぱらって、あんたからあの部屋で起きた出来事を聞き出しちまったもんだから……」

半兵衛が目頭を親指で強く押さえて、「ああ、畜生《ちくしょう》！　なんでこんなことになっちまったんだ！」と唸った。

「半兵衛さん、あんたの言うとおりだ。お奈津、こりゃすべてお前のせいだ。いくら酒の席だからって、余計なことをぺらぺら喋ったお前が悪い。じゅうぶんに反省して、これから半兵衛さんと一緒に家守のところへ行ってきな」

　金造が渋い顔をしてみせた。

「家守のところへ、ですか？」

　そして存分に種を拾ってこいよ。

　金造の台詞《せりふ》の裏にはそんな言葉が隠れているのがわかった。

「こんなときどうしたらいいのか、家守だったらよく知っているに違いねえさ。面倒なことになるくらいなら、いっそもう一度引っ越したほうが早いかもしれねえな。そのときは子分の不始末だ。新しいところへの引っ越し代は俺が払わせてもらうよ」

「いや、あんたにそこまでしてもらうわけにはいかないよ。ただ、俺はお江戸に知り合いがろくにいねえから、これからどうしたもんか、お奈津に相談に乗ってもらおうと思っただけで……」

　半兵衛は金造のやり過ぎなくらいの気前のよさに、困惑した顔だ。

「わかりました。半兵衛さん、それでは善は急げです。今から家守のところへ行きましょう」

　お奈津はよしっと頷いた。

「おうっと、お奈津、新しい帳面ならここにあるぜ。いちばん分厚いのを持っていきな」

金造は文机の足元から小さな真新しい帳面を取り出すと、ぽーんと放り投げた。

八

住職の月海と顔を合わせないようにと急ぎ足で寂光寺の前を通り過ぎ、半兵衛と二人、直吉の家に辿り着いた。

この家に来るのは二度目だ。改めて見るとまるであばら家《や》と呼びたくなるような古い家だが、門構えだけは真新しく、庭は片付いて手入れが行き届いている。

微かに寂光寺から線香の匂いが漂っていた。

「すみません、どなたかいらっしゃいますか？」

静かな家だ。確かこの家には直吉ともう一人、おテルという婆さまが暮らしていると聞いた。

しばらくの沈黙のあと、ゆっくりとした動きで戸が開いた。白髪の老婆が顔を出した。

皺くちゃの顔に、右目が白く濁《にご》っているが、左目の眼光は鋭い。

「何の用だい？　家を借りたいって話じゃなさそうだね」

老婆は睨むような目でまじまじとお奈津を眺めてから、横の半兵衛に目を留めた。

「なんだ、半兵衛かい。麴屋横丁の住み心地はどうだい？」

「おテルさん、その節は世話になったな。けどな……」

決まり悪そうに肩を竦める。

おテルと呼ばれた老婆はお奈津と半兵衛を交互に見てから、「出ちまったね」と忌々《いまいま》しそうにため息をついた。

「それであんたは何者だい？　いかにも面倒事が好きそうな顔をしているねえ」

「奈津と申します。読売の種拾いをしています」

素性を明かせば嫌がられるに決まっていたが、誤魔化せる相手ではないと思った。

お奈津はおテルに頭を下げた。

「種拾いかい。思ったとおりだ。半兵衛の部屋に出るなんて幽霊話を、面白おかしく書き立てようってつもりかい？」

「おテルさん、あんたあの部屋に幽霊が出るってわかってたんだな。それだったら、あそこに移る前にそう言ってくれれば……」

半兵衛が泣き出しそうな顔をした。

おテルは半兵衛をじっと見つめてから、ふっと笑った。

「あの部屋は人が死んだだけさ。あんたにはきちんとそう話したはずだよ？」

「出たんだよ！　長い髪の女の幽霊が出たんだ！」

半兵衛が身を乗り出して叫んだ。泣き出さんばかりの勢いだ。

「首を切られて血だらけの女の幽霊が、厠で俺の後ろに現れたんだよ！」

「お奈津、どうやらあんたは見た目どおり、種拾いは種拾いでも半人前らしいね」

おテルが強い口調で半兵衛の言葉を遮《さえぎ》った。お奈津に厳しい目を向ける。

「……私のせいです。つい気が緩《ゆる》んで、種拾いの仕事で知った麹屋横丁の事件のことを詳しく話してしまいました。だからきっと半兵衛さん、それを気に病んで悪夢を見るようになってしまったんです」

それがいちばん辻褄《つじつま》が合う。

何か言いたそうに口を開いた半兵衛に、「これでいいんです、そうしておきましょう」というように目配せをした。

「つい先日引っ越したばかりなのに申し訳ありませんが、半兵衛さんに新しい部屋を紹介していただけないでしょうか？　引っ越しのお代はこちらで持ちます」

「……新しい部屋ねえ。そりゃ、構わないよ。うちは家守が仕事だ」

おテルは、しばらく黙ってお奈津と半兵衛を交互に眺めていた。

ふいに、くくっと笑う。

「半兵衛、さっきあんたは長い髪の女の幽霊って言ったねえ？　どうしてそんな妙なことを言ったんだい？　今どき、髪の短い女なんて尼さんくらいだ」

「部屋に髪の毛が落ちているんだよ。黒々した長い女の髪だ。嘘じゃねえんだ。お奈津、あんたもちゃんと見てくれたよな？」

「え、ええ。私もその髪を見ました。若い女の人の髪がほんとうにありました」

白い毛根がくっついたままの、まるで今しがたまで艶やかに輝いていたような健《すこ》やかな黒髪が、確かにあった。

「へえ、そうかい。髪の毛ねえ。掃除はきちんと頼んだはずだけれどねえ。誰が手を抜いたんだろうね。文句を言ってやらなくちゃ」

おテルが口を窄《すば》める。

「いや、だから、あれは幽霊が落とした髪なんだよ」

「あの部屋は人が死んだだけさ」

いまひとつ嚙み合わない会話に、半兵衛が少々不安気な顔をした。

「安心おしよ。直吉が戻ったらすぐに麴屋横丁に行かせるさ。急いで戻って引っ越しの準備をしておいで。千駄ヶ谷の仙寿院《せんじゆいん》の門前にできたばかりの長屋に空きがあったはずだからね。向こうの家守と話をつけておくよ」

「今日のうちに引っ越せるのかい？　そりゃ、ありがてえや！」

半兵衛がぱっと明るい顔になった。

「その調子なら、もう、一日だってその部屋にはいられやしないだろう？」

「ああ、そうだよ。人が死んだりなんてしていねえ、幽霊なんか出ねえまともな部屋で、心安らかにぐっすり眠りてえよ！」

「半兵衛さん、よかったですね」

直吉と顔を合わせるまでもない。あまりにも話が早いことに驚きつつ、お奈津はおテルに歩み寄った。

「ありがとうございます。お代のほうはこちらで」

金造の名と居所を書いた紙を渡してから、

「麴屋横丁のお部屋は、ご供養《くよう》をしたほうがいいのでしょうか？　それでしたらそのお代もこちらで……」

　と声を落として訊ねる。

　おテルがほんとうのところでは〝幽霊〟のことをどう思っているのかが知りたかった。

「うちで貸す家は、片付けを終えたときに必ずご供養を済ませているんだよ。隣の寂光寺の月海に頼んでね」

　おテルが、それを当たり前のことと考えている顔で言った。

「あら、そうでしたか。失礼いたしました」

　思っていたよりもずっと人並みの心配りはあるようだ。死人のあった家を借主に内緒で貸して利を稼ぐ悪どい家守、なんて当初の思い込みはどんどん崩《くず》れていく。

「そう、ご供養は、済ませているはずなんだよ」

　おテルが眉間に皺を寄せた。

「首を切られた血だらけの女だって？　そんなはずがあるかい」

「えっ？」

　お奈津が訊き返すと、おテルは白い濁った目を上げてにやりと笑った。

九

「人が死んだ部屋を、きちんと掃除も供養もして、それを少しも隠さずに承知している人だけに貸す。もし万が一、借りた人がやはり居心地が悪いと言い出したら、ほんの少しの手間賃ですぐに新しい部屋を用意してくれる。なんてよい家守さんなのかしら……」

お奈津は月明かりに向かって帳面を開いて、ため息をついた。

ちゅん、と綺麗な鳴き声に振り返ると、折り紙で作ってやった小箱の中で鳥太郎が身の置き所を探すように二、三度羽搏きをした。

「あら、鳥太郎、ごめんね。小鳥さんはもうそろそろ寝なくちゃね。思わずひとり言が出ちゃったわ」

唇をちょいと押さえて、再び帳面に向き合った。

「そういえば、今日、お前のために鳥屋で小松菜や粟を買ってきたのよ。明日の朝ごはんを楽しみにしていてね」

鳥太郎が、やった、というように高い声でちゅん、と鳴いた。

にっこり笑った。

この寂しい部屋で自分の言葉が誰かに届いていることが不思議だ。

掌にすっぽり入ってしまうくらいの小鳥たった一羽の気配があるだけで、こんなにも心が休まることに驚いた。

誰もいない部屋でむっつり黙ってただぼんやりしていると、ときにたまらなく誰かの声が聞きたくなった。こちらに笑顔を向けてくれる誰かに会いたくなった。

ひとりきりで過ごす夜は、ただ次の日が始まるのを待ち構えているだけに思えて、少しもくつろぐ気分にはなれなかった。

それが鳥太郎がここにいてくれるというだけで、今このときがゆったりと流れる気がする。

「私ももう寝るわね、おやすみなさい」

帳面を閉じかけて、ふと思う。

想像していたような悪どい家守がいないというのは喜ばしいことだ。

しかし、どうにも腑《ふ》に落ちない。

何か引っかかる。胸の辺りがもやもやする――。

眉間に皺を寄せて帳面を読み直していて、はっと気付いた。

そういえば私は、おテルさんにずいぶんなことを言われていたのだ。

——種拾いは種拾いでも半人前らしいね。

確かにそうだ。そうには違いないが、どうしておテルはあんな意地の悪いことを言ったのだろう。

あの場では、お奈津が麴屋横町の部屋で起きた事件のことを喋ってしまったことを咎《とが》められているのだとばかり思っていた。

だが、そもそも家守に事件の詳しいことは聞かなくていいと言ったのは、半兵衛自身のはずだ。

おテルのあの様子ならば、聞かれれば何の隠し立てもなく平然と答えたに違いない。

ふと顔を上げた。

風呂敷《ふろしき》包みを開いて、金造から預かっていた紙束を手に取る。

麴屋横丁の事件について、金造の手下《てした》のひとりがまとめたものだ。読売の記事には書かれなかった種がいくらでもあると言っていた。

書き殴られた文字に目を走らせてすぐに、息を呑んだ。

「……嘘。おかしいわ」

麴屋横丁のおたつは、情夫との揉み合いの末、首を絞められて殺されていた。

男と女が相当激しく取っ組み合いの喧嘩《けんか》をした末の出来事だったのだろう。大家が軀《むくろ》を見つけたとき、おたつの長い髪が抜け落ちて部屋中に散らばっていたという。

慌てて、この出来事が書かれたときの読売の記事を取り出した。

「この読売は嘘だわ。血塗れの女なんてどこにもいないはずよ。客の目を惹くために嘘の絵を描いたんだわ」

よくよく記事に目を通すと、首を絞められて殺された、と正しいことは書いていない代わりに、刃物で首を刺し殺されたとも書いていない。

挿絵にも「おたつ」と名が書き込まれているわけではないので、この事件のことを描いたわけではないと苦しい言い逃れができなくもない。

特に目を惹くわけでもないありがちな出来事を記事に書き立てるときに、読売の連中がこういう小賢しい技を使うことは、お奈津がいちばんよく知っていた。

つまりお奈津は、麴屋横丁の事件について書かれた読売にさらりと目を通しただけで勘違いをして、おたつは刃物で刺されて死んだ、なんて嘘を半兵衛に教えてしまったのだ。

そう気付くと、おテルに「半人前」と呼ばれるのは当然だ。

「血塗れの幽霊が出るはずがないんだわ。やっぱり私が余計なことを言ったせいで……」

はっと口を閉じる。

それなら半兵衛の部屋に落ちていた長い髪の毛は――。

「掃除が行き届いていなかったのよね。きっとそうよ」

いかにも抜け目なさそうな厳しい顔つきのおテルを思い出し、首を横に振る。

きっと部屋の掃除の手配をしたのは直吉のほうだ。

直吉は若い男だから、部屋がほんとうに綺麗になったかどうかなんてわからなかったのだ。黒々とした長い髪が幾本も部屋に落ちていても、きっと少しも気付かなかったのだ。

「鳥太郎？　あなた、まだそこにいる？」

思わず声が出ていた。

待っていましたというように、ちゅん、と明るい健やかな声が返ってくる。

ほっと息を吐いた。

「……ありがとう、ほんとうにもう寝ましょうね」

長い、長い息を吐いた。

十

その日は真夜中に幾度も目が覚めてしまって、あまりよく眠れない夜だった。

表は冷たい雨がしとしとと降っている。

こんな日はあまり暗い話には触れたくない。

お奈津は眠い目を擦《こす》りながら、お武家のお姫さまのところで飼われていた迷い猫が魚屋の店先で無事に見つかったという話を、ああでもないこうでもないと、どうにかして面白おかしい記事にならないかと捏《こ》ねくり回していた。

「もう、これじゃ駄目だわ。少しも面白くないどころか、むしろ迷い猫が心配でひやひやしちゃう。私はただ、これを読んだ人に、くすっと笑ってほしいだけなのに」

書きかけの紙をくしゃりと丸めて放り投げる。

部屋の中でちゅんちゅん鳴きながら跳ねていた鳥太郎が、楽しそうに紙屑《かみくず》にじゃれつく。

その可愛《かわい》らしい姿に目を細めながら、ふいに種拾いとはつくづく因果《いんが》な仕事だと思う。

可愛い飼い猫がいなくなってしまったお姫さまは、見つかるまでの間、きっとくすっと笑うどころではない気の重い日々を過ごしたに違いない。魚屋の店先ででっぷり太った猫を見つけたときは、涙が出るほど安堵《あんど》したかもしれない。

なのに私は、そのお姫さまのほんとうの気持ちなど少しも慮《おもんぱか》らずに、どうにかして人目を惹くけばけばしい記事を書くためだけに頭を捻《ひね》っている。

ふうっとため息をつきかけたところで、戸口の外で男の咳払《せきばら》いが聞こえた。

ぎくりとして顔を向ける。

「お奈津、あんたに話がある」

若い男の静かな声。よい知らせなのか悪い知らせなのか見当がつかない、心の動きがほとんど感じられない声だ。

警戒しつつ戸を開くと、そこには家守の直吉の姿があった。

灰色の暗い空の下、ぼろぼろの古い傘を手にして、額から幾筋もの水滴が伝っている。

「直吉……さん？　どうしてここを？」

なぜ私の家を知っているのだろう、と怪訝に思いかけたところで直吉が表情を変えないまま口を開いた。

「半兵衛が医者に運び込まれた。作事の現場で急に倒れたんだ」

事実だけを淡々と伝えた。

「嘘、半兵衛さんが？　あんな丈夫そうな人がどうして？」

背筋がぞくりと震えた。

半兵衛は幽霊なんて出ない新しい部屋に移ることができて、気楽に暮らしているとばかり思っていたのに。

「倒れる前の日に、ずっと眠れていないと周囲に零《こぼ》していたそうだ」

「どうして眠れなかったんですか？」

ああ、もしかしてと眉間に皺が寄る。

「幽霊が出るらしい」

直吉がお奈津をまっすぐに見た。

「そんな、半兵衛さんの今の部屋はできたばかりの新しい長屋、と言っていましたよね？　その部屋に幽霊が出るなんて、そんな、そんな……」

お奈津は額に掌を当てた。

「新しい部屋に、いったいどんな幽霊が出るっていうんですか？」

「長い髪の女の幽霊だ。首を切られて血塗れで、『いたい、いたい』と繰り返しているらしい」

「その幽霊の姿は間違いなんです！　私が半兵衛さんに間違ったことを話してしまったせいなんです！」

麹屋横丁のおたつが、それもお奈津が半兵衛に話して聞かせた間違った姿のおたつが、半兵衛の引っ越し先の部屋まで追いかけているということか。

そんな馬鹿なことあるはずがない。

直吉はゆっくり頷いた。

「このままだと半兵衛は死ぬ。幽霊に、そして己の想いに取り憑《つ》かれて戻ってこられなくなる」

「死ぬ、ですって⁉」

お奈津は強張った手を握り締めた。

「半兵衛を助けなくちゃいけない。手伝ってくれるな？」

有無を言わさぬ口調に、お奈津は震えるように幾度も頷いた。

「ええ、もちろんです！　私に何ができるのかわかりませんが、でも、できることは何でもします！」

「あんたにしかできないことがあるさ。だから、わざわざここへ訪ねて来たんだ」

直吉は書き損じの紙つぶてが散らばった部屋を見回した。

「できる限りすぐに動いてくれ。手遅れになる前にな」

直吉の眉が歪んだ。

十一

半兵衛が運び込まれたのは、四ッ谷仲町《なかちょう》の奥まったところにある医者の家だった。

「何が何でも、自分の部屋には帰りたくないと言うんだよ」

お奈津と直吉を出迎えた老医者は困惑した顔で言ってから、

「だが確かに、ひとりきりの部屋に戻すわけにはいかないほど弱っているには違いないがな」

と続けた。

「半兵衛さん、お具合はいかがですか？」

日の当たらない小部屋に横たわった半兵衛は、お奈津と直吉の姿に気付いても身体を起こすことができない。ただ苦しそうに顔を歪めて微かに頷く。虫の息とはこのことかというような有様だ。

「ああ、直吉、あんたも来てくれたのか。いろいろと煩《わずら》わせて悪かったな。せっかく新しい家を手配してもらった、ってのにさ」

疲れた声で言う。

「でもどうやら、俺はここまでみてえだ」

「半兵衛さん、そんな気弱なことを言わないでくださいな。きっとお医者さまのところでしばらく養生すれば、具合はすぐによくなります」

お奈津の励ましの言葉に、半兵衛は顔を歪めて皮肉な笑みを浮かべた。

「駄目だ。ここにも出るんだよ。長い髪の血塗れの女の幽霊が出るんだ」

ほら、と半兵衛が手を差し出すと、その掌には長い髪が幾本も握られていた。

お奈津は息を呑んで黙り込む。

直吉はちらりとその髪に目を向けてから、さほど驚くほどのことでもないというように、またすぐに視線を半兵衛に戻した。

「えっ！」

お奈津は思わず後ずさりした。

ほんの瞬《またた》きするほどの間しか経っていないのに、半兵衛の顔が変わっていた。

笑顔だ。

今にも正気を失いそうな暗い瞳に、口を刃物で切り裂いたような満面の笑みが貼り付いている。

「嘘でしょ、半兵衛さん……」

思わず己の口元に手を当てて、身を強張らせる。

「今日は、お奈津が土産《みやげ》を持ってきました」

直吉の静かな声に、はっと我に返った。

「土産だって？　今の俺に何をくれるってんだ？」

半兵衛の口元が、にやりと歪んだ。

目には力がなく声色は疲れ切っている。己の顔がどんな表情を浮かべているのか、少しも気付いていないのだろう。

直吉に目配せをされて、お奈津は慌てて頷いた。

「半兵衛さん、こちらの紙を読んでみてください。内藤新宿の麴屋横丁で死んだおたつさんについて、私が親方や仲間の種拾いから聞き集めた話です」

「……おたつ」

半兵衛の笑みが僅《わず》かに強張った。

「おたつさんは、刃物で刺し殺されたわけじゃないんです。あれは私の勘違いでした。血塗れの姿で幽霊になるはずがないんです」

動きが止まる。

「刺し殺されたわけじゃない、って？　それじゃあ、俺がおかしくなっちまっているって話かい？」

勢いよく身体を起こす。

半兵衛の顔は怒りで嫌な赤黒い色になっている。笑みはいつの間にか消えていた。

「そうか、みんなでよってたかって俺を馬鹿にしていやがるんだな。幽霊なんていやしねえ、寂しい田舎者《いなかもの》の気鬱《きうつ》に違いねえ、なんて嘲笑《あざわら》っていやがるんだな！」

「その髪は本物ですよ。おたつが殺されるときに情夫と揉み合いになって、部屋じゅうに飛び散った、まさにその髪です」

直吉が冷めた声で口を挟んだ。

「へえっ？」

半兵衛が裏返った声を上げた。

「いったい何が何だかわからねえや……」

呆然とした様子の半兵衛に、お奈津は紙束を差し出した。

「拙《まず》い字ですみません。読み上げますね」

半兵衛の背後から覗き込み、己の字を指さす。

「おたつさんがお江戸へ来たのは、三年前です。日々寒さが増す秋口のことでした。長年面倒を見ていた田舎のお父さんが亡くなったのを機に、遠い親戚を頼って麴屋横丁へやってきたんです」

「そんな話、聞かされたって仕方ねえや……」

半兵衛が憮然とした様子で口元をへの字に曲げる。

「おたつさんが情婦となった染五郎《そめごろう》と出会ってしまったのは、一杯呑み屋の席でした。おたつさんはずいぶんとお酒の強い人だったようです」

「呑み屋か。酒の席ってのは危ねえもんだな。俺だって、あんたに出会ってさえいなけりゃこんなことにはならなかったぜ」

半兵衛が微かに顔を歪めて笑った。

「その日、染五郎とおたつさんは、二人で一匹のサンマを分け合って呑んだそうなんです。こんな痩せっぽちのサンマなんて私の里じゃ見たことがないよ、なんて苦笑いで言っていたそうです。一杯呑み屋に居合わせたお客さんから、私の仲間が聞いてきた話です」

「サンマだって?」

半兵衛が怪訝そうな顔をした。

「そのおたつって女、どこの出だ?」

「ええっと、ちょっと待ってくださいね」

お奈津は紙束を次々に捲《めく》った。

「あ、ありました。仙台藩の本吉郡《もとよしぐん》? というところですね。ご存じですか?」

「……隣は気仙郡だ。俺の故郷さ」

半兵衛が低い声で言った。

「悪いな、これは預かっていいかい? ひとりで読ませてほしいんだ」

お奈津が渡した紙束をしっかり握る。

半兵衛の顔色はまだどす黒かったが、目には力が宿っていた。

「ええ、もちろん構いません」

お奈津は直吉を振り返った。

直吉が頷いて口を開いた。

「半兵衛さん、身体の具合がよくなりましたら、ぜひ麹屋横丁にいらしてくださ い。寂光寺の月海和尚《おしょう》が、もう一度おたつの供養をすると言っています。もしあなたが望むならば、ほんとうのおたつに会えるかもしれません」

「ほんとうのおたつだって？」

半兵衛が慌てた様子で己の両手を見た。

「……ない、ないぞ、髪が消えている。どうしてだ？　さっきまで、間違いなくあったよな？　お奈津、あんたも見たよな？」

掌をこちらに見せて、狼狽《ろうばい》し切った顔をする。

確かに今まで目の前にあった長い黒髪は忽然《こつぜん》と消えていた。

「では、お待ちしています」

直吉は呟くような小声で言って、目を伏せた。

十二

月海のお経《きょう》の声が響き渡る。

麴屋横町は日当たりがほとんどなく黴臭《かびくさ》い上に厠の臭いが漂う、つまりお江戸のどこにでもあるような、ありきたりの長屋だった。

障子と戸を開け放って線香を焚《た》く。

歌うようによい声で滔々《とうとう》とお経を読み上げる月海の背後で、半兵衛、お奈津、そして直吉が俯《うつむ》く。

長屋の住人の幾人かが怪訝そうな顔で覗きに来ては、早足でその場を立ち去った。

月海の声が止んだ。

少し寂しそうな目に柔らかい笑みを浮かべて振り返る。

葬式ならば、これから皆に有難《ありがた》い仏様の話を聞かせてくれる場面だ。

「さあ、それではお別れをいたしましょう。おたつさん、どうぞ成仏《じょうぶつ》なさってくださいな」

これまで風の流れるままに戸口から出て行った線香の煙が、ふいに部屋の中に濃く立ち込めた。

「……嘘だろう」

半兵衛が呻いた。

「みんな、視《み》えるだろう？　こいつが……いや、この人が、毎晩俺の枕元に……」

お奈津は慌てて半兵衛の目の先を辿る。

そこには線香の煙が渦巻いているだけだ。

直吉を振り返る。直吉は目を伏せたままだ。

「あ、あんた。いったい、どうして俺のところに……」

半兵衛はしばらく目を剝いて荒い息をしていた。

「おたつさんは、初めはただ己と同じように寂し気だった半兵衛さんのことが気になったのでしょう。けれど、思いのほか半兵衛さんに怖がられてしまったので、この世に居ついてしまったのかもしれませんね。お別れに何か一言、お声を掛けて差し上げてくださいな」

月海が、また柔和に笑った。

「俺が怖がっちまったから、だって？　そんな、まさか……」

半兵衛が大きく首を横に振る。

しばらく黙って線香の煙を見つめていた。

ふいに、意を決したようにごくりと唾《つば》を呑む。

「……あんた、本吉の出だって聞いたよ。どこの村だい？」

半兵衛の声が震えていた。

部屋の中は沈黙に包まれていたが、半兵衛は「そうか、覚えたぞ」と小さく頷いた。

「里に戻りたいよな。お江戸のサンマなんてさ、あんなひょろっとした痩せっぽちなもん、サンマじゃねえや」

半兵衛が俯いた。

「付き合わせて悪かったな。早く帰りな。おとっつぁんとおっかさんのとこに帰りな。あんたのことはさ――」

唇を結んで顔を上げる。

「いつか里の皆に話しておくさ。すっかりお江戸に馴染《なじ》んで、華やかな別嬪《べっぴん》になって、少しも寂しそうなんかじゃなかったってさ」

「あっ！」

お奈津が声を上げたそのとき、線香の煙が人の形に変わった。

艶やかな長い髪を銀杏返《いちょうがえ》しに結い上げて、お洒落な珊瑚玉《さんごだま》の簪《かんざし》を挿した若い女だ。

血塗れでもなければ、首を絞められた苦悶《くもん》の表情でもない、半兵衛の言ったとおりの華やかな別嬪だ。

だがその目だけは、耐え難い寂しさに呑まれてしまったように哀し気だった。

「おたつさん、お疲れさまでした。どうぞお心安らかに」

月海が両手を合わせると、おたつの幽霊は微かに笑って幻のように消えた。

半兵衛は月海に倣《なら》って、長い間手を合わせて目を閉じていた。

「……み、視えました、間違いなくこの目で。おたつさんの姿が視えました！　直吉さんも視えましたよね？」

お奈津は直吉に飛び付くように、小声で言った。

今、目にしたものが少しも信じられない気分だ。

夢でも見ていたような気がする。

「俺は何も視ていない」

直吉がぶっきらぼうに応えた。

「そんな、まさか。銀杏返しの髪に珊瑚玉の簪を挿した綺麗な人でした。幻というにはあまりにもくっきりした姿でした。ほんとうは視えていたんですよね？」

決して見間違いではない。

皆の前に、生前の姿のおたつが現れたのだ。

「視えない。どんなときでも、俺には何も視えないんだ」

直吉が強い口調で言った。

「それはつまり、生まれつき決して幽霊が視えない、ということですか？」

お奈津はきょとんとして訊き返した。

「昔はすべてが視えた。でも今は何も視えない」

「昔は？　いったいどうして……？」

直吉は、これ以上は話すつもりはないというように首を横に振った。

「おたつさんは、無事に成仏されました。よかったですね」

月海の明るい声が響き渡る。

「ご住職、ほんとうかい？　ほんとうにおたつは……」

「おっと、せっかく成仏されたのですから、もう心残りは禁物ですよ。もしまだおたつさんに何かして差し上げたいようでしたら、お花やお供物《くもつ》をあげたり手を合わせて祈ったりと、至ってどこにでもあるお弔《とむら》いをすればじゅうぶんです。そういえば、お里に行くとお約束されていましたね。きっとおたつさん、とても喜ばれますよ」

「至ってどこにでもある弔い……だな。わかった、これも何かの縁だ。折に触れてやってみるよ」
半兵衛が顎《あご》に手を当てて考える顔をした。
いつの間にか線香の灯が消えていた。
麴屋横丁の部屋に冷たい風が吹き抜ける。
「お江戸ってのは、とんでもなく寂しいところだからな」
半兵衛は玄関の框をそっと撫でた。

第二章

首がない

一

梅雨《つゆ》どきの空が、灰色の雲に覆《おお》われていた。

身体《からだ》が重くなり頭の奥が鈍く痛み、髪は上手《うま》くまとまらず、爪先はいつも濡《ぬ》れている。

梅雨はお江戸で暮らす人々が、一年のうちでいちばん気が滅入《めい》ってしまう時季だろう。

「やった、今日も雨空ね。そう来なくっちゃ」

お奈津《なつ》は大きな傘を手にほくそ笑んだ。

さまざまな事件を記事にするために調べる読売《よみうり》の種拾いにとっては、これほどよい季節はない。

まずは傘で顔が隠れる。雨水がかかってしまったふりをすれば、いきなり妙な場所で立ち止まっても、急に物陰に隠れても、少しもおかしくない。

さらに、雨の日に窓を開けて表を眺《なが》める人はそうそういないので、どれほど長い間張り込みをしていても近所の人に妙に思われることがない。

それに、こんな日は事件がよく動く。

訳ありの人々にとっても、人目を避《さ》けることができる雨の日は都合が良いのだ。

一日じゅう、雨に濡れるので、身体は堪《こた》える。

だがその苦労をもってしても、有り余るほどの面白い出来事を目にすることができるのが雨の日だ。

「ええっと、今日の仕事は……」

手早く帳面を捲《めく》った。

大店《おおだな》の若女将《わかおかみ》と歌舞伎《かぶき》役者の逢引《あいびき》、宿下がりの奥女中が屋敷から細々したものを盗み出して古道具屋に売り渡しているという疑い、武家のお姫さまの隠し子疑惑――。

一日の始まりに眺めるにしては少々気が滅入る下世話な事件の数々から、ふと目に留まったものがあった。

「白鷗塾《はくおうじゆく》始まって以来の秀才、円太郎《えんたろう》改め寂円《じやくえん》。とんでもなく、とんでもなく、とんでもなく貧しい生まれ」

金造《きんぞう》の言葉をそのまま書き付けたものだ。とんでもなく、としつこく三度も書いてある。

もしも寂円本人がこの帳面を見たら、間違いなく気を悪くするに違いない。

白鷗塾は、幕府の御用《ごよう》書家である柳田《やなぎた》白鷗が開いた書塾だ。

その門徒《もんと》はお江戸だけでも千人は下らないと言われているが、その中でも白鷗が直々に手習いを授ける白鷗塾に入門を許されるのは、最も才がある十人ほどだけだ。

そんな白鷗塾に、ある日、円太郎という名の二十歳《はたち》ほどの若者が現れた。

円太郎は、篆書《てんしょ》・隷書《れいしょ》・楷書《かいしょ》・行書・草書・仮名・飛白《ひはく》の七体を自在に書いた。

その筆は見る者を魅了《みりょう》する、完璧なまでに整った美しさだ。

あっという間に白鷗の直弟子となり、寂円という号を与えられた。

その眩《まばゆ》いばかりに輝く才には、兄弟子たちもぐうの音《ね》も出なかったという。

――功成り名遂げた秀才の、幼い頃の苦労話ね。

読売では、人の悪事や悲惨《ひさん》な事件の詳細を暴き立てるものばかりではなく、こんな感動的な立身出世話も好まれる。

だがよい記事にするためには、その過去が、とんでもなく、とんでもなく、とんでもなく悲惨なものでなくてはいけないが……。

よし、ぜひともこの天才書家、寂円の苦労話を聞かせてもらおう。

白鷗の書塾は、お奈津が暮らす千駄ヶ谷《せんだがや》からすぐの四ッ谷伝馬町《よつやてんまちょう》だ。

お奈津は降りしきる雨の中を、ところどころ破れた傘を手に飛び出した。

白鷗の書塾は、長屋一帯に強く漂《ただよ》う墨《すみ》の匂いのお陰ですぐに見つかった。

さあ、これからどうやって寂円に近付こうか、と足を止めたそのとき。

「こんにちは。お嬢さん、白鷗塾に何か御用かい？」

長年の門徒らしき中年の男が、すぐに表に出てきた。

「えっ？　どうして私がここにいるとわかったんですか？」

せっかく気配を消すことができるはずの雨の日だというのに。

ふいを打たれて、間抜けなことを目を丸くして聞く。

「書を書くには、雨は大敵なんだ。紙が湿気を吸ってしまうからね。毎年この時季は、我々は白鷗先生の家のことをしたり作品をまとめて学びを深めたりしつつ、梅雨も終わりかけともなると暇を持て余しているんだよ」

笑った男の指先には、黒い墨が染み込んでいた。

「私は読売の種拾いのお奈津と申します。実は、寂円さんにお話を伺いたかったんです」

寂円、と聞いて、それまでにこやかだった男の顔が強張《こわば》った。

「円太郎のことかい？　お嬢さんで何人目だろうねえ」

わざわざ円太郎と呼ぶところに、何か含むものを感じた。

「寂円さんのことを書きたいという人が、たくさんここにいらしているんですか？」

お奈津はぴくりと耳を欹《そばだ》てた。

「そうさ、当代随一の天才書家、寂円さま！　ってね。この間の読売に、まるで人気役者みたいな大仰《おおぎょう》な取り上げられ方をしたせいで、見物人が押し寄せてたいへんだったよ」

だから、お奈津が白鷗塾の軒下《のきした》に立っていただけで、この男がすぐに表に出てきたのか。

「私の記事では、もっと落ち着いた取り上げ方をしたいと思っています。寂円さんの過去の苦労をきちんと紹介して、その人となりを知って、皆さんに感動していただけるようなものにしたいんです」

少々、綺麗《きれい》に言い過ぎていると思いつつ、真面目《まじめ》な顔をする。

「あんたには悪いけれど、あれから白鷗塾の皆は読売には辟易《へきえき》しちまってね。円太郎本人はもっとそうさ。お断りすることになると思うよ」

「一度で構いません。寂円さんとお話しさせていただけないでしょうか？　お断りされたら、しつこく追い回すような真似《まね》は決していたしません」

お奈津は白鷗塾に目を向けた。

「円太郎は今、ここにはいないよ」

「えっ？　それじゃあどちらに？」

男はしばらく迷うような顔をしてから、小さく頷《うなず》いた。

「こんな大雨の中、せっかく来てくれたんだ。仕方ないな。今日は白鷗先生が用事でいらっしゃらない日だから、円太郎はおとっつぁんとおっかさんの墓参りに行ったさ」

「お墓参りですか！　ご両親のお墓の場所を教えていただくことはできますか？」

両親の墓参り。礼節を守って上手く話をすることができれば、幼い頃の思い出を聞き出しやすい場所だろう。

「墓なんて大層なもんはないさ。円太郎が白鷗塾へ来てしばらくしてから供養《くよう》を頼んだ、参り墓だ。千駄ヶ谷の寂光寺《じゃくこうじ》さ」

――千駄ヶ谷の寂光寺。

お奈津の胸に、月海《げっかい》の少々子供っぽさが残るにこやかな顔が浮かんだ。

二

傘にぽつぽつと降り注ぐ雨の音を聞きながら寂光寺の境内《けいだい》に一歩足を踏み入れると、辺りの木々に染み付いたような線香の匂いが漂った。

参道は雨に濡れていたが、きちんと掃《は》き清められて落ち葉ひとつない。

ご挨拶《あいさつ》代わりのお参りをしてから、墓所はどこかと周囲をきょろきょろと見回す。

よい具合に月海が現れてくれれば話を聞きやすいが、生憎《あいにく》、今日は奥に籠《こも》ってしまっているようだ。

ちゅん、という鳥の鳴き声に振り返る。

「鳥太郎《とりたろう》？　まさか」

青い小鳥が見えた――ような気がした。

日中は自由に外に出ていて、夜になるとお奈津の部屋に戻ってくるのが鳥太郎の日課だ。

だがこんな雨の日は、小鳥だって雨風凌《しの》げる屋根のあるところで過ごしたいはずだ。

きっと見間違いだろう。

「なんだ、お前か。今度は何の用だ？」

背後から声を掛けられて、ぎょっとした。

慌《あわ》てて振り返ると、薄っぺらい風呂敷《ふろしき》包みを手にした直吉《なおきち》がお奈津のことを冷たい目で見ていた。

「直吉さんでしたか！　えっと、お久しぶりです。実は、こちらの寂光寺の墓所に用事がありまして……」

寂光寺の隣に住んでいる直吉と顔を合わせるのは、じゅうぶんに予想できていたことだ。

だがまっすぐ直吉の顔を見ることができず、しどろもどろになってしまう。

直吉には、お奈津が読売の種拾いだと知られてしまっている。小鳥を探しに……なんて誤魔化《ごまか》すことができるのは、初めて顔を合わせる相手だけだ。

「墓所だって？」

直吉の眉間《みけん》に皺《しわ》が寄った。

「い、いえいえ、別に罰当《ばちあ》たりなことをしようとしているわけではありません。ここにお墓参りにいらしている方に、用事があるんです」

直吉はお奈津の真意を見透《みす》かそうとするように、こちらをまっすぐに見る。

お奈津のほうは居心《いごころ》が悪くてかなわない。

「探しているのは、寂円さんという最近評判の書家の方なんです。その方の人となりやご苦労を皆に知らせるような記事を書きたくて」

訊《き》かれてもいないのに、こちらの事情をぺらぺらと喋《しゃべ》ってしまう。

「……人となりやご苦労、か。己のそれを皆に知られたい奴なんているのか？」

直吉が呟《つぶや》くように言った。お奈津を非難するような口調ではなく、ほんとうに不思議そうな顔だ。

だがお奈津は、うっと息が詰まる。

嘘をつけないまっとうで誠実な人物であればあるほど、わざわざ己のこと、それも過去を明かしたいなどと思うはずがないのだ。

人は己の過去を嘘偽《いつわ》りなく思い返そうとすると、誰かに傷付けられた、そして自身が誰かを傷付けた痛みが伴《ともな》う。

己の苦労を皆の前で語りたいなんて思えるのは、己の成功に浮ついたお調子者か、役者や花魁《おいらん》のような絵空事を売りにしている者くらいだ。

覚えずして、お奈津は寂円が実のところは軽薄《けいはく》な浮ついた人物で、昔のことを軽々しくぺらぺら喋ってくれることを願っている。

種拾いの仕事をする中で常日頃からなんとなく気付いていたそんなことを、直吉に言い当てられた気がした。

「おや、そこにいるのは直吉かい？　おっと、種拾いのお奈津さんも！　鳥太郎は壮健《そうけん》にしていますか？」

明るい声に顔を上げると、頭に笠を被り、濡れた竹ぼうきを手にした月海が現れた。

掃除《そうじ》をしてきたところなのだろう。大き目のちり紙に塵《ちり》を纏《まと》めて握っていた。ちり紙の端から線香の燃えさしと枯れた花が覗《のぞ》いている。

墓所の掃除に行ったところに違いない。

「月海、婆さまからだ」

直吉が月海に薄っぺらい風呂敷包みを渡す。

「おっと、ちょっと待っておくれよ」

月海は手早く竹ぼうきと塵を片付けると、風呂敷包みを両手で恭《うやうや》しく受け取った。

作り過ぎた菜《さい》のお裾分けでもしているのかと思ったが、この丁寧過ぎる受け取り方は妙だ。

月海は己だけが見えるように、用心深く風呂敷包みの結び目を解《ほど》いて中を覗く。

「おテルさんには、確かに受け取ったと伝えておくれ」

直吉と顔を見合わせて小さく頷く。

「いつも悪いな」

「いやいや、今日のこれは少しも怖いことはないさ。ご本人も納得して亡くなられたんだろう？」

月海が風呂敷包みを結び直すとき、ぎょっとするほど古びた黄ばんだ着物が、ほんの刹那《せつな》だけ見えた。

「それで、お奈津は人を探しているらしいぞ。寂円、って書家だ。月海、聞き覚えがあるか？」

急に話を向けられて驚いた。

お奈津の仕事を助けてくれようとしているわけではないだろうが、直吉という男は何を考えているのかよくわからない。

「寂円……角筈村《つのはずむら》の円太郎さんだね！　知っているなんてもんじゃないさ！　なにせ寂円、って号はこの寂光寺から取っていただいたんだからね」

月海は、白鷗塾の兄弟子よりもずっと親し気な口調で寂円を円太郎と呼んだ。

「やはりそうでしたか！　ご両親のお墓参りにいらしたと伺ったのですが、もしかして今、墓所にいらっしゃいましたか？」

お奈津は身を乗り出した。

「へ？　お墓参りですって？」

月海がきょとんとした顔をした。

「えっ？　白鷗塾の兄弟子さんからそう聞いて、こちらに来てみたのですが……」

狐に抓《つま》まれたような気持ちでお奈津が訊き返したそのとき、

「ご住職でいらっしゃいますか？」

切迫《せっぱく》した女の声が割り込んだ。

「その傷、どうされましたか⁉」

振り返ったお奈津は思わず声を上げた。

女の顔の左半分が紫色に大きく腫《は》れ上がっていた。痣《あざ》と反対側には無数の切り傷、擦《す》り傷ができていた。着物には点々と茶色く乾いた血がついている。

女の傍《かたわ》らには、全身どこもかしこも赤黒い打ち身と擦り傷だらけの少年が、口元を一文字に強く結んで寄り添っている。

少年は女の半分くらいの背丈で小柄だが、しっかりした顔つきは七つを超えているに違いない。

「傷の手当をしなくちゃ……」

慌てるお奈津に、女は「そんなことはいいんです」と顔を歪《ゆが》めた。

「ご住職、どうか私たちを匿《かくま》っていただけないでしょうか？」

女は怯《おび》えたように背後を振り返る。

「鳶《とび》長屋から隙《すき》を見て決死の覚悟で逃げてきたんです。見つかったら間違いなく殺されます」

傍らの少年がこの世のすべてを睨《にら》むような鋭《するど》い目で、こくりと頷いた。

「殺される、ですって？　ずいぶんと物騒《ぶっそう》なお話ですね。中で詳しくお聞かせください」

月海が落ち着いた住職の声で言った。

「直吉、悪いが手を貸しておくれ」

直吉に目配せをすると、少年の背を抱くようにして寺務所《じむしょ》へ招き入れる。

「ああ、もちろんさ」

直吉は頷くと、

「あんたは駄目だ」

と、お奈津の鼻先で戸をぴしゃりと閉めた。

三

「鳶長屋だって？　あそこは昔から揉め事が多いところなんだよ」

金造が両手を擦《こす》り合わせながら、部屋の奥の紙束に向かった。

せっかくの揉め事の話なのにどこか浮かない顔なのは、痣と傷だらけの少年の話を聞いたからだろう。

人の隠し事を暴き立てたり、悲劇や惨劇をおどろおどろしく囃《はや》し立てるような記事を書いて暮らしている金造だが、子供が絡《から》む事件の知らせを聞いたときは、決まってこんな顔をする。

そしてどんな人目を惹《ひ》くような事件であっても、一切読売には書かない。

――みんな、ほんとうに胸糞《むなくそ》悪い話を読みてえわけじゃねえんだ。そこんところの匙《さじ》加減は大事だぜ。

そんなふうに嘯《うそぶ》きながら、子供が悲しい目に遭《あ》った話を聞くと、幾日もどこか調子が出ない顔でしょんぼり肩を落としていたりする。

そういえば金造はどうして今、ひとり身なのだろう。喋るのが上手《じょうず》で艶《つや》っぽい話も人並みに好きなので、かつて女房や子供がいたことがあってもおかしくないはずだ。

だが、子供、と一言聞いただけで、うっと呻《うめ》くように眉間に皺を寄せる金造の姿を前にすると、気軽に聞けることではない気がした。

「あった、あった。これだ、これだ」

金造は紙束を手に、わざとおどけた調子で戻ってきた。

「そんなにあるんですか！　ひとつの長屋で起きた揉め事ですよね？」

紙束は分厚い。

「ああ、そうさ。ここ数十年の話、だけれどな。でもまあ確かに多いな。多過ぎだ」

「鳶長屋って、いったいどんなところなんですか？　名だけ聞くと、鳶職人が暮らしている一帯に聞こえますが」

「元はそうだったのさ。けど、鳶職人たちってのは、とんでもなく喧嘩《けんか》っ早い奴らが多くてね。おまけに酒癖が悪くて、少しでも揉め事になると途端に刃傷《にんじょう》沙汰《ざた》になっちまう。そんなわけで鳶職人でもまともな奴は、あっという間に他に部屋を探す。空いた部屋にはまともじゃねえ奴が入ってくる、ってんで、今ではろくでなしの巣窟《そうくつ》よ」

紙束を捲っていた金造が「ああ」と嫌そうな呻き声を上げて、一枚の紙を取り出した。

「矢一《やいち》とお竹《たけ》の夫婦。それに三つの子の矢太郎《やたろう》だ。これが五年前のことだから、子供の年恰好《としかっこう》は合いそうだな」

「いったい、その家族に何があったんですか？」

「つまんねえ話だよ。酔っぱらった亭主が女房の頭をかち割って、辺り一面血塗《ちまみ》れになったのさ。驚いた三つの矢太郎が賢い子でね。ひとりで家を飛び出して自身番《じしんばん》を呼んできちまったから話が大きくなってね。亭主はお上《かみ》に捕縛《ほばく》されて数日牢に入れられた。あとのことは誰も知らねえ。戻った亭主が、女房と子供をどんな目に遭わせたか、ってのも、ここには何も書いてねえさ」

金造が肩を竦《すく》めた。

お奈津に気付かれないように、こっそり、ぐずりと鼻を鳴らす。

「それが、あの二人だとしたら……」

この五年間は、母子《おやこ》にとってどれほど辛いものだっただろう。

傷だらけの母子の姿が悲しく胸に蘇《よみがえ》る。

お奈津は眉を下げて黙り込んだ。

「矢一が女房子供に逃げられた、って話なら、記事にできるかもしれねえな」

金造がぽんと手を叩いて、急に明るい声を出した。

「もちろん、矢一に話を聞くことなんて一切できねえだろうけどな。女房子供に手を上げる糞亭主《くそていしゅ》をざまみろって嘲笑《あざわら》う、胸がすかっとする記事が書けるってんなら、その母子に力添えをしてやっても元が取れるかもしれねえな」

「親方、いいんですか？」

お奈津は目を見開いた。

「いいも何もねえさ。いつもどおり記事になる種拾いをして来い、ってだけの話さ」

金造は決まり悪そうに目を逸《そ》らしてから、

「その母子には、話を聞かせてもらう代わりに矢一の様子をこまめに知らせてやんな。矢一が妙な真似をしようとしたら、すぐに伝えるんだぞ」

と付け加えた。

「はいっ！」

久しぶりに、曇《くも》りなく誰かの役に立つと思える仕事だ。

「それでは、すぐに寂光寺に行ってきます。途中で、男の子にお土産《みやげ》にお饅頭《まんじゅう》を買っていきますね。あ、それともお煎餅《せんべい》のほうがいいでしょうかね」

いそいそと立ち上がる。

「ちょっと待て。お奈津、何か忘れてねえか？　そもそもその母子にはどうして出会ったんだ？」

金造が呼び止めた。

「え？　あ、ああ！　寂円さんのことでしたね！」

そうでした、そうでした、と額《ひたい》をぴしゃりと叩いて、座り直す。

「白鷗塾の兄弟子さんによれば、寂円さんのご両親の参り墓が寂光寺にあるとのこと。そして寂円さんの号は、寂光寺から取られたということがわかりました」

帳面を開いて読み上げる。

「その二つの話は繋《つな》がっているのか？」

金造の目が光る。

「実は……繋がっていないんです。その話を聞いたときの月海さんの顔からすると、寂円さんのご両親の参り墓が寂光寺にある、というのは……間違いのようです」

言葉を選んだ。

「寂円が嘘をついている、ってことだな。知られたくない何かがあるんだな」

しかし金造は、はっきり言う。

「ええ、そういうことになりそうです」

読売に取り上げられるのを嫌がる、とんでもなく、とんでもなく、とんでもなく貧しい生まれの秀才。

正直なところ、それを暴き立てるのは気が進まなかった。

「寂円のほうも、一緒に進めておけ」

「……はい」

金造は、急にしょんぼりしたお奈津を横目で眺めると、

「この世には、楽しいだけの仕事なんてねえのさ」

と意地悪そうに笑った。

四

お竹は掘っ立て小屋の表に広がる寒々とした原っぱを目に、大きなため息をついた。

「それじゃあ、何かあったら声を掛けてください。しばらくはこちらも見回ります」

陰気な調子の家守《やもり》の男、直吉がそう言って帰ってから数日が経つ。

「おっかさん、おっかさん、鳥がいるよ。鳩がいるよ」

今にも雨が降り出しそうな曇り空の下、息子の矢太郎が棒切れを手に燥《はしや》ぎ回っていた。

人里離れたこんな物寂しい原っぱでも、八つの子にとっては、前の家で常に父親からの折檻《せっかん》に怯えていた暮らしと比べれば極楽のようなのだろう。

――それだけが救いだ。

お竹は大きく手を振って笑顔を見せてから、矢太郎が背を向けたのを確かめて、再び重苦しいため息をついた。

せっかく鳶長屋での恐ろしい暮らしから逃げ出してきたというのに、少しも気が晴れない。

むしろ日が経つにつれて、とんでもないことをしでかしてしまったような不安が増していた。

あの日、家を飛び出したのも、寂光寺に逃げ込んだのも、まったくの偶然だ。矢一が酔い潰れて寝込んだ顔を見ていたらふいに、あ、と思ったのだ。

逃げるなら今だ。

これまで何度も胸に浮かんでは消えてきたことのはずなのに、そのときだけは今しかないのだ、とわかった。

何も言わずに矢太郎の手を強く引き、とにかく鳶長屋から遠い場所、亭主とも己自身とも何の縁もない場所を目指して遮二無二《しゃにむに》走り回った。

次第に疲れ切って足が縺《もつ》れてきた。

今なら戻れる。何事もなかったような顔をして、少し遠くに買い物に行ってきたふりをすることができるかもしれない。

そんな弱気が胸を過《よぎ》ったそのとき。

「鳥だ、青い鳥だ！　こんな雨の日なのに、お空を飛んでいるよ！」

矢太郎が雨空を指さして叫んだ。

見たこともないような青い鮮やかな色をした小鳥の飛んで行く先を見ると、小さな寺があった。寂光寺だった。

境内に入ると若い男女の呑気《のんき》な話し声。ずいぶん若く親しみやすそうに見える住職の姿に、意を決して助けを求めたのだ。

月海住職は温かい食事を出し、傷の手当もしてくれた。

おまけにそこに居合わせた家守の直吉が、あっという間にこの家を手配してくれたのだ。

お江戸から西に二里《り》ほどのところにある、角筈という村だ。

ここならば、矢一に気付かれて連れ戻される羽目にはならないだろう。

「ここは持ち主が亡くなってから、ずっと空いていた家なんです。店賃《たなちん》は、お竹さんが仕事を見つけて暮らしが落ち着いてからで構いません」

直吉にそう言われたときは心から有難《ありがた》く思った。

これから母子二人きりで新しい暮らしを始めるのだと、胸に誓った。

だが、しかし――。

ほんとうにこれでよかったのだろうか。

酒を呑んだ矢一は鬼のようだった。お竹に、矢太郎に、何の理由もなく、加減もせずに手を上げた。

だが酔っていないときの矢一は、人懐こくて働き者の鳶職人だった。矢太郎とも、一緒に凧《たこ》あげをしたり、走り回って遊ぶような茶目っ気のある人だった。

当座の暮らしに必要な銭は、月海住職が貸してくれた。

だが、近いうちにお竹は仕事を見つけなくてはいけない。そしてたったひとりで矢太郎を育て上げなくてはいけないのだ。

女中仕事や煮売り屋のお運びの仕事がいくらでもあるお江戸の真ん中ならばまだしも、見渡す限り人っ子ひとりいないこの地で、どうやって仕事を見つけられるというのだろう。頼れる人はどこにもいない。

悩ましいことが山積みだ。

お竹は頭痛を覚えて左の眉の上を押さえた。

「矢太郎、おっかさんはもう中に戻るよ。鳶に攫《さら》われたらたいへんだから、早く戻っておいで」

背筋がぞくりとした。どうして私は、鳶、なんて嫌な言葉を口に出してしまったんだろう。

「はあい、あとちょっとだけ！」
矢太郎の明るい声を背に、家の中に踵《きびす》を返す。
かつては老婆がひとりで暮らして、ここで死んだ掘っ立て小屋だ。
どこもかしこも古びていて、埃《ほこり》を被っていて、傷だらけで汚れていた。
鳶長屋の暮らしは嫌だ。もう決して、戻りたくない。
――けど。
部屋の普請《ふしん》だけは、ここよりも新しくて綺麗だったな。
いけないとはわかりつつ、胸の奥でこっそりそんなことを呟いた直後。
「おいっ！」
表で男の声が聞こえた。
ざっと血の気《け》が引く。
雷に打たれたように目の前が真っ白になった。
あの人だ。あの人が連れ戻しに来たのだ。
どうしよう、殺される。間違いなく殺される。
確かに酔っていないあの人は、人懐こくて働き者で茶目っ気がある人だった。
だが、ひとたび酒を呑めば、女子供だからといって一切容赦《ようしゃ》はしない。

五年前のあのときがそうだったように。

「矢太郎！」

悲鳴を上げて飛び出した。

「矢太郎、どこ？　どこだい？」

汗まみれになって周囲を見回す。

「ん？　おっかさん、どうしたの？」

呑気な声に身体じゅうの力が抜けた。

「おじちゃんが、これをくれるって」

矢太郎の横には、見知らぬ初老の男が泥だらけの大根を手にしていた。男は背に大きな籠《かご》を背負い、大根と同じくらい泥まみれの着物を着ていた。畑仕事の帰りだろう。

「やあ、あんたが新しく越してきた人か？　俺はあっちの小川沿いで百姓をやっている平蔵《へいぞう》だよ。女房が母子二人きりじゃ心配だ、挨拶がてら大根でも持って行ってこい、っていうもんでね。坊主《ぼうず》は思ったより大きいな。それじゃあおまけに、おっきな大根をもう一本やろうかね」

「わあ、もう一本！」

平蔵が背負った籠に手を入れてごそごそやると、

「いいえ、お構いなく」

お竹はぴしゃりと言い放った。矢太郎が目を丸くした。

「矢太郎、それはお返ししなさい」

「おっかさん、どうしたんだい？　そんなおっかない喋り方をして……」

「うるさいね。家に戻っておいで」

矢太郎の手を強く引いた。

「嫌だよ、おじちゃんに大根もう一本貰うんだ」

矢太郎がお竹の手を振り払った。

「平蔵さん、お心遣《こころづか》いは有難いですが、うちのことは放っておいてくださいな」

「へえ？　なんでったって、そんな……」

平蔵は、お竹のつっけんどんな態度の理由が少しもわからない様子で、目をしばしばさせている。

「母子二人きりでも、別に心配なんてしていただかなくて結構です」

お竹は奥歯を嚙《か》み締めて、素早く踵を返した。

五

あれから、お奈津は次の日にでも寂光寺に向かおうと思っていたのだが、夜に内《ない》藤新宿《とうしんじゅく》の辺りで火事が起きたという知らせが入った。

幸い死人は出なかったが、お江戸いちばんの色男と呼ばれる火消《ひけし》の市助《いちすけ》がなんとも鮮やかな活躍を見せたという事情で、しばらくそちらの種拾いに忙しく、寂光寺に向かうのは後回しになってしまった。

お奈津が大きな饅頭を手に寂光寺を訪れることができたのは、それから五日ほどあとのことだった。

「ごめんください」

お堂の奥に声を掛けると、出てきた小僧が「ご住職は、今日はご供養にいらしています」と畏《かしこ》まって答えた。

この寺に見習いの小僧がいたのを初めて知った。頭の剃《そ》り跡が青く痩《や》せて色白の若者だ。

月海とどこか似た雰囲気だ。

「あら、そうでしたか。それじゃあ、お竹さんたち……はどうされていますか？」

ほんとうにあの母子はお竹と矢太郎だったのだろうか。少々心もとない心地で訊く。

「お竹さんでしたら、少し前に、直吉さんがお引っ越し先を探しましたよ」

と、言ってしまってからきゃっと叫び、慌てた様子で口に掌《てのひら》を当てた。

「ですが行き先は、決して話せません。どんなことがあっても、決して話せないのです！　私の命に代えてでも！」

小僧は両拳《りょうこぶし》をぎゅっと握って身構える。

「わかりました、帰ります。ありがとうございます」

小僧の剣幕《けんまく》に、お奈津は礼もそこそこに寂光寺をあとにした。

見習いの小僧は、少々ぼんやりしているがずいぶん真面目な気質のようだ。

先ほどは、お竹が引っ越したと口を滑《すべ》らせたが、この失敗のお陰でこれからはもう少し用心深くなってくれるに違いない。

少し迷ってから、お奈津は隣の直吉の家に向かった。

「直吉さん、ちょっとよろしいですか」

陰気でこちらをじっと見る直吉も苦手だったが、あのおテルという婆さまはもっと苦手だ。

どうか最初に直吉が出てほしい、と思いながら名を呼んだ。

「何の用だ？」

背後からの声に、ひっと振り返る。

すぐ後ろに青白い顔をした直吉が立っていた。

少しも気配に気付かなかった。

「あのおっかさんと坊やのことです」

「きっと来ると思っていた。けど、どうかやめてくれ。あの二人の傷を見ただろう？　読売の種拾いが、面白半分に首を突っ込んでいいことと悪いことがあるんだ」

直吉がうんざりした顔をした。

「あの二人、お竹さんと矢太郎ちゃんですよね？」

単刀直入に名を出した。

「どうして知っている？」

直吉の顔つきが変わった。

「私の親方が、五年前の事件を書き留めていたんです」

お奈津は、五年前に矢一が捕縛されたときの一家の顚末《てんまつ》を説明した。

「そんな男と、それから五年も一緒に暮らしていたのか？」

直吉が顔を歪めた。

胸に過る痛ましさは、お奈津と同じだろう。

「きっとお竹さんも矢太郎ちゃんも、矢一に殴《なぐ》られるのが怖くて長い間ずっと逃げ出せなかったんです。そんなのって、あまりにも気の毒ですよね。何とか読売として力になれないかと思い、矢一の記事を書いてその悪事を暴いてやろうと思っています」

もう一押し、と、情に訴えかけるように哀《かな》し気な声を出した。

「記事にすることで、私が矢一の動向を窺《うかが》うことができます。それに読売に書かれて撒《ま》かれてしまえば、皆が矢一が悪人だと知るので、そうそう迂闊《うかつ》なことはできません。お竹さんと矢太郎ちゃんも守られるはずです」

直吉は苦し気な顔で額に手を当てる。

「その饅頭は？」

「お二人へのお土産です。甘いもので心を解《ほぐ》してもらって、ほんの少しずつでいいので、矢一にどんな酷《ひど》いことをされたのかを聞かせていただけたらと」

「そう上手くいくかな」

直吉が冷たい声で言った。

「確かにあの二人はとても怖い思いをされました。ほんとうなら、そんな人の傷を暴くような真似をしたくはないんです」

ふいに胸を刺すような痛みと共に、寂円の名が胸を過る。

いけない、いけない。今は、お竹と矢太郎のことだ。

「ですが、矢一にしっかりと仕返しをすることで、お二人の暮らしも安心できるものになるのではと考えて――」

「五年は長過ぎる。ほんとうにお竹は矢一に怯えていただけなのか？」

直吉がお奈津の言葉を遮《さえぎ》った。

「えっ？　どういうことですか？」

直吉の言葉の意味がわからなくて訊き返した。

「……いいぞ。案内する。けれどどこで誰が見ているかわからない。行き先を誰にも悟られないと誓うんだぞ。常に背後に目がないか気にして歩くんだ」

直吉がゆっくりと後ろを振り返り、じっとその先を見つめた。

六

角筈村に辿《たど》り着いたときには、梅雨の僅《わず》かな晴れ間の弱々しいお天道《てんとう》さまが西に傾き始めていた。

お竹と矢太郎の家に向かう途中、一本松の下に仲良く手を取り合う珍しい姿の二体のお地蔵さまがあったが、お水もお花もお供《そな》えされてはいなかった。

「帰っとくれ。確かにあんたには世話になったさ。けどもう、うちのことは放っておいておくれよ」

直吉とお奈津の姿を目にしたお竹は、なんとも嫌な顔をした。

掘っ立て小屋の戸を勢いよく閉めようとしたが、建て付けが悪くそうはいかなかったようだ。忌々《いまいま》しそうに口を尖《とが》らす。

「美味《おい》しいお饅頭を、坊やに届けに来たんです」

「ええっ？　お饅頭⁉　やった、やった！」

お竹の背後の暗闇から、満面の笑みを浮かべた矢太郎が飛び出してきた。

蛸《たこ》のように手足をくねらせながら、剽軽《ひょうきん》な顔をして踊っている。

まだまだ幼いのだ。

「矢太郎、駄目だよ！　おっかさんはね、施《ほどこ》しは受けないんだ！」

お竹の鋭い言葉に矢太郎の動きが止まった。

「え？」

おっかさん嘘だろう、というように、哀し気な表情を浮かべた。

どうしたらいいのかわからない絶望し切った目で、お奈津を、そして母親の顔を交互に見る。

「施しだなんて、そんなつもりはありませんよ。甘いものでも食べて、ちょっと気持ちを楽にしていただければと思っただけなんです」

目を真っ赤にした矢太郎の姿に胸が痛む。

どうにかこうにかお竹の心を落ち着かせようと、ゆっくり説いて聞かせるように言った。

「あんた、私がちゃんと店賃を払うかが心配なんだね？　だから理由をつけて、様子を窺いに来たってわけだ」

お竹はお奈津の言葉なんて少しも聞こえていない顔をして、直吉に嚙み付いた。

「店賃は、お竹さんが仕事を見つけて暮らしが落ち着いてからでいいと言いましたよ。あの言葉に変わりはありません」

　直吉は感情を見せない顔で応じた。

「お邪魔《じゃま》でしたら申し訳ありませんでした。お奈津、帰るぞ」

「でも……」

　快く種拾いに協力してもらうというわけにはいかないとわかっていた。

　だが、母子にとっては住まいを用意してくれた恩人のはずの直吉と一緒だというのに、こんなに無下《むげ》に追い返されてしまうとは思わなかった。

「駄目だ。帰るぞ」

　直吉がきっぱりと首を横に振った。

「——はい。お竹さん、お邪魔いたしました」

　直吉を頼りにしていたからこそ、勝手な真似はできない。

　頷いて踵を返した。

「さあ、矢太郎、家に戻るよ。あっ！」

　背後でお竹が叫んだ。

　一目散《いちもくさん》に駆けてくる足音が聞こえて、矢太郎がお奈津に飛び付いた。

「お姉ちゃん、助けて！　お願い、助けて！」

涙がいっぱい溜《た》まった目で叫ぶように言う。

「えっ？」

お奈津は直吉と顔を見合わせた。

「どうした？　ここの暮らしは居心地《いごこち》が悪いのか？」

直吉が落ち着き払った声で訊いた。

「矢太郎！　お前、いったい何を言っているんだい？　戻っておいで！」

お竹が怒りに顔を歪めた。

赤い顔をしてこちらに近付いてくる。

「ここに来てから、おっかさんがおかしいんだ！　おかしくなっちまったんだ！」

早口で叫ぶ。

「あんた、親に向かって何てことを！」

お竹が目を剝《む》いた。

「矢太郎ちゃん、おっかさんの言うとおりよ。おかしくなっちまった、だなんて、おっかさんにそんな失礼なことを言う子がいますか。一緒に謝りましょうね」

お奈津はお竹から矢太郎を庇《かば》うように抱いて言った。

「普段はちょっと元気がないだけで、いつもの優しいおっかさんさ！　けど、たまにおかしくなるんだ！　おっかさんの影が――」

「影ですって？　きゃっ！　お竹さん、やめてください！」

お竹が矢太郎の腕を摑《つか》んだ。

「矢太郎！　お前はなんて悪い子だ！　お仕置きが必要だね！」

金切り声を上げて、力いっぱい腕を振り上げる。

「お竹さん、叩いちゃ駄目だ」

その腕を直吉が摑んだ。

よほど強い力で摑んだのだろう。お竹がぎょっとしたように身を強張らせた。

「あっ、あっ、ほら、見て！」

己の頭を手で庇った矢太郎が、泣きながら地面を指さした。

足元に四人の長い影ができていた。

お奈津、直吉、お竹、それに小さな矢太郎の影。

ひとつの影だけが明らかにおかしい。

お竹の影には首がないのだ。

直吉に腕を摑まれた女の影は、首から上が毟《むし》り取られたように消えていた。

「えっ？」

お竹が怯えたような裏返った声を出した。

直後に影に首が戻る。

お竹が首を振ると、影も首を振った。

髪を撫《な》でつけると、影の髪にもまとまったおくれ毛が見て取れた。

先ほどの光景は何だったのだろう。まるで夢か幻のようだ。

「……矢太郎、戻ろうか」

お竹が力なく言った。先ほどまでの怒りで我を忘れた様子は消えていた。

「うん、わかったよ。おっかさん」

矢太郎がほっとしたように応じる。

「お竹さん、せっかくなので矢太郎ちゃんに、これ、あげてもいいですか？」

お竹の調子が変わったのを察し、お奈津は饅頭の包みを差し出した。

お竹は生気の窺えない目でこちらを向くと、「ああ、いいさ、悪かったね」とため息混じりで言った。

「ありがとうね、あんたは――」

「種拾いのお奈津と申します」

「種拾い？」

お竹が怪訝《けげん》そうな顔をした。

「ええ、私が何かお力になれることがあるかもしれません。もし、よろしければ……」

お奈津の言葉が終わる前に、お竹は覚束《おぼつか》ない足取りでくるりと背を向けた。

七

夕暮れどきの白鷗塾。今日も生ぬるい雨が降り注ぐ。

お奈津は傘を手に、濡《ぬ》れ鼠《ねずみ》になって寂円が表に出て来るのを待ち続けた。

兄弟子たちが、ぽつりぽつりと表に出てくる。

それに少し遅れて、ひと際《きわ》若い男が早足で駆け出してきた。

空を見上げて、古びた傘を開く。

「寂円さん、お待ちしていました。少しよろしいですか？」

お奈津の姿に気付いた寂円は、暗くなりかけた中でもはっきりわかる強張った顔をした。

「種拾いの方ですね？　兄弟子から話は聞いていました」

役者のように整った顔立ちというわけではないが、物事に一心不乱に打ち込む者らしくまっすぐな目をした男だ。

「ですが、お力にはなれません。人前に出ることはもうこりごりです」

寂円は目を伏せた。

「これまでの読売のように、ただ寂円さんの才をけばけばしく取り上げて、お江戸の皆の歓心を集めるような記事にするつもりはありません」

断られる覚悟はできていた。

ここからが種拾いとしての腕の見せ所だ。

お奈津は負けじと、正面から寂円の目を見据《みす》えた。

「読売には、酷《ひど》い目に遭いました。私は己が読売に取り上げられるなんて一切知らなかったんです。当然、種拾いの誰かと話したこともありません。それを、さも私が得意になって書の心得なぞを喋ったかのように書かれてしまいました」

「少しでも記事を面白くするために、そういう阿漕《あこぎ》な仕事をする種拾いもいると聞きますね。とんでもない話です」

お奈津の胸に、金造の性悪なお地蔵さまのようなしたり顔が、ほんの刹那浮かぶ。

いけない、いけない。

お奈津は眉を顰《しか》めて、心から寂円に同情するように頷いた。

「兄弟子たちからは白い目で見られ、白鷗先生も渋い顔をなさっていました。私は何も話していないと幾度《いくど》も言ってようやく信じてもらうことができましたが、やはりわだかまりはまだ消えてはおりません」

「今、お江戸では寂円さんは華やかな秀才と持て囃されています。寂円さんを一目見ようと押しかける見物人もいたと聞きます」

「ああ、あれは肝《きも》が冷えました」

寂円の顔が歪んだ。

「今のままの、浮ついて得意気な寂円さんの姿がずっとお江戸の皆の胸に残り続けるのは、居心が悪いと思われませんか？　私は、並み並みならぬご苦労を重ねて書の道を進み続けた寂円さんのほんとうの姿を、皆に知ってほしいんです。そうすることで、苦しい境遇にいる人でも寂円さんのようになろうと、前向きに生きることができるかもしれないんです」

一か八かで、浮ついて得意気な、なんて強い言葉をわざと使った。

思ったとおり、寂円の眉間に苦し気な皺が寄った。

大きなため息をついて額に掌を当てる。

「……あなたは、私の昔のことをすべて知っているんですね？」

お奈津は、うっと黙った。

金造が方々に手を回しても、寂円の過去は少しもわからなかった。

お江戸から遠く離れたとんでもなく貧しい村で、誰の教えも受けることができず、白鷗塾に入門を許されることを夢見てただひとり書に励んでいたという噂くらいだ。

だが、せっかく寂円が胸を開いてくれそうになった今このときだ。話を合わせて、頷いたほうがいいのだろうか。

いや、いけない。嘘は必ず露見《ろけん》する。

お奈津が意を決して首を横に振ろうとしたそのとき、

「たいへんだ！　子供が櫓《やぐら》のてっぺんにいるぞ！　十にも満たねえ、小汚《こぎたね》え痩せっぽちの坊主だ！」

通りに、男の怒鳴り声が響き渡った。

「何だって？　そりゃいけねえ！」

この雨の中、野次馬たちが家から飛び出してくる。

「場所はどこだい？」

野次馬が腕まくりをしながら訊く。

「千駄ヶ谷さ。寂光寺のすぐ脇の火の見櫓だよ」

「寂光寺⁉」

「寂光寺⁉」

お奈津と寂円は声を揃《そろ》えた。

「あなたも寂光寺に所縁《ゆかり》があるのですか？　私がお江戸に来てからとてもよくしていただいているお寺なんです」

寂円が怪訝そうな顔をした。

「え、ええ。月海さんに、小鳥を探していただいたんです。それと、もしかするとその子供というのは……」

嫌な予感がする。

「その餓鬼《がき》、高い櫓の上でわんわん泣きながら、蛸みてえなくねくね踊りをしているのさ。あんな奇妙な姿、見たことがねえや。きっと読売の種拾いが飛んでくるぞ」

「たいへん！　きっと矢太郎ちゃんだわ！」

お奈津は悲鳴を上げた。

「お知り合いでしたか！　すぐに行って差し上げてください！」

「は、はい！　ええっと、お話はあとでもう一度……」

「そんなことはいいから、早く早く。わかりましたよ、約束しますから」

寂円がお奈津の背を押すようにして頷いた。

「あ、ありがとうございます。それでは、えっと、ああ、どうして矢太郎ちゃんが千駄ヶ谷に。角筈村からここまで、ひとりで歩いてきたっていうの……？」

お奈津は頭を抱えて、思わず声を漏《も》らした。

ほんの数日前の、奇妙な出来事が胸に蘇る。

影のないお竹の首。

確かにこの目で見たはずだ。

しかしあれから直吉を相手に、どれほどあのときの奇妙な光景を話しても、「そんなものは見ていない」と冷たくあしらわれた。

一切取り繕《つくろ》った様子のない直吉と話していたら、次第に、己でも夢か現《うつつ》かわからない気分になってきて吞み込んでしまったのだ。

「角筈村、ですって？」

寂円がぎょっとした顔をした。

八

お奈津が汗まみれになって千駄ヶ谷に辿り着くと、ちょうど火の見櫓の周囲から黒山の人だかりが散ってゆくところだった。

「ここにいた男の子はどうなりましたか？」

通りすがりの人を捕まえて訊くと、

「ああ、火消の市助に踏ん捕まえられて引きずり降ろされて、ごちんと一発、拳固《げんこ》を喰《く》らってわんわん泣いていたよ。あとのことは寂光寺さんが引き受けたようだよ」

拍子《ひようし》抜《ぬ》けした調子の答えが返ってきた。

慌てて寂光寺に向かうと、お堂の奥に明かりが灯《とも》っていた。

「矢太郎ちゃん、いったいどうして……！」

たんこぶを冷やしているのだろう。頭に濡れた手拭《てぬぐ》いを当てた矢太郎が、お奈津に縋《すが》るような目を向けた。

部屋には心配そうな顔をした月海と、仏頂面《ぶっちょうづら》の直吉もいる。

「お奈津さん、会いたかったよう！」

矢太郎が顔を歪めて泣き出した。

「えっ？　私？」

そもそも行き場のなかったお竹と矢太郎を助けたのは、月海と直吉だ。

先日、角筈村でお饅頭をあげたことだけでそれほど懐《なつ》いてくれたのだろうか、と首を傾《かし》げかけたところで、

「種拾いのお前に会いたかったそうだ。あの家の幽霊のほんとうの姿を知りたい、ってな。俺の説明じゃ、納得できないそうだ」

直吉が口を尖らせた。

「だって、だって、ただひとりで暮らしていた婆さんがあの家で大往生《だいおうじょう》で亡くなった、なんて。そんな話じゃ納得いかねえよ。そんなつまんねえ話で、おっかさんがあんなになっちまうわけないだろう？」

「人の生き死にに、つまらない、なんて言い草はいけませんよ」

月海が静かな声で、しかし、ぴしゃりと言った。

「……ごめんなさい。思わず口が滑っちまいました」

矢太郎は、ばつが悪そうに顔を伏せた。

「おっかさんに何があったの？」

お奈津は矢太郎の背をそっと撫でた。

角筈村で目にした、首のないお竹の影――。

「おっかさん、人が変わったようになっちまったんだ。毎日泣いて、すぐに怒って。近所の人が親切にしてくれようとしても、ものすごい剣幕で追い返しちまうんだよ」

直吉がちらりと矢太郎に目を向けた。

「おっかさん、お前に手を上げるのか？」

淡々と訊く。

「――うん」

矢太郎が苦し気に呻いた。

「でも、おとっつぁんとは違って、じゅうぶんに加減してくれるよ。血が出たりなんてしたことは一度もないさ。だっておっかさんは優しい人だから」

必死で言い繕う矢太郎に、お奈津は胸の痛みを抑えて「そうね、よくわかるわ」と頷いた。

「きっとあの部屋には、おっかない幽霊がいるのさ。幽霊がおっかさんの首を持って行っちまうから、おっかさん、我を失っちまうんだ」

影のことを話しているとわかる。

「ほんとうのおっかさんは、優しくて、おいらのことをいつも庇ってくれて、あっ！」

ふいに、矢太郎の鼻からたらりと血が垂れた。

きっと懸命に話し過ぎて頭に血が上ったのだろう。

「おっと、いけないいいけない」

月海が懐紙を素早く差し出したが、鼻血は勢いよくぽとぽとと矢太郎の着物に落ちて染みを作る。鼻血とわかっていても、血塗れの悲惨な光景だ。

「すぐに水で流さなくてはいけないね。その紙で鼻の根元を押さえたまま、こちらへおいで」

月海が優しく促した。

廊下を進む二人の足音が遠ざかる。

あとにはお奈津と直吉が残された。

「どう思う？」

直吉がお奈津をじっと見つめる。

「えっと、お竹さんのことですよね。お竹さんは、今の暮らしに上手《うま》く慣れることができていないんだと思います。縁もゆかりもない知らないところで、幼い子供と一から暮らしを始めるのは、きっとたいへんなことですから」

矢太郎は、あの部屋で亡くなった前の住人のことを気にしていた。

だが直吉の言葉どおりならば、年寄りが己の家で亡くなるのは当たり前だ。

それがひとり身ならば、最期《さいご》はひとりきりなのも当たり前。当の本人だって、生きているうちからそれを覚悟していないはずはない。

そんな理由でいちいち幽霊が現れていては、この世は幽霊だらけになってしまう。

「お竹が慣れていないのは、あの家の暮らしじゃない」

直吉が首を横に振った。

「亭主の矢一がいないことだ」

息が止まった。

「そんな、まさか！　だってお竹さんは、己にも矢太郎にも手を上げる、恐ろしい矢一から逃げ出してあそこにいるんですよ？」

馬鹿《ばか》なことを、と大きく首を横に振る。

だが背筋を冷たい汗が一筋伝うのがわかった。

「頭ではわかっているんだろうさ。このまま矢一と暮らしていたら、己も、矢太郎も、いつか殺されるってな。けど、急にそれがわからなくなるときがあるんだ。矢一に従ってさえいれば、殴られることに耐えてさえいれば、何も考えないでいられた頃が懐かしくなるのさ」

「嫌な冗談はやめてください。そんなはずありませんよ」

頭ではわかっている。

それなのに、その頭がふと消えてしまうときがある。

我を失ってしまうことがある。

「冗談なんか言わない。家守をしている中で、お竹のような女を見たことがあるだけだ。せっかく周りの皆で力を合わせて逃げ場を作ってやっても、ろくでなしの亭主のところへ舞い戻っちまう」

直吉が暗い顔をした。

「こ、この話はやめましょう。矢太郎ちゃんがあんなに慕っているお竹さんが、そんなことを考えるものですか！」

お奈津は慌てて、無理に話を切り上げた。

「それよりも、お竹さんにお針子《はりこ》か内職か、そんなお仕事を紹介しようかと思います。ちょっと親方に相談してみますよ。矢太郎ちゃん、まだしばらくこちらにいますよね？」

「お竹には、先ほど月海が急ぎの文《ふみ》を送った。矢太郎は寂光寺で数日預かるつもりだ」

「そうでしたか。それがいいですね！　お竹さんのところに帰るときは私も一緒に行かせてくださいね」

お奈津は強張った頰《ほお》に力を入れて笑った。

九

「お知り合いの悪戯《いたずら》坊主のことは、無事に片付いたようですね。案じておりました」

白鷗塾からの帰り道、お奈津の姿を認めた寂円は困ったように笑った。

「ありがとうございます。お陰さまで、あの子は無事に火の見櫓から降ろされました。火消に厳しく叱《しか》られたようですが。ご心配をおかけしました」

矢太郎のその後のほうが問題なのだが……。

お奈津は胸の中だけで呟く。

「では、約束は約束です。これも何かのご縁でしょう」

四ッ谷伝馬町の白鷗塾からすぐ近くにある長屋の部屋に招かれた。

古くて狭い長屋の中は綺麗に片付いていて、むせ返るような墨の匂いが漂う。大きな文机《ふづくえ》と書の道具が部屋の真ん中を陣取っていた。

今日の寂円はどこか腹を決めたような、すっきりした顔をしていた。

成り行きで話を聞かせてもらうことになったが、寂円もあれからいろいろと考えたのだろう。

「それでは、何から話しましょう」

お奈津にまっすぐに向き合った。

「ええっと、寂円さんのこれまでの来《こ》し方をすべて伺いたいのです」

「私が貧しい生まれだという噂についてですね。それはそのとおりです。私の母は私の物心が付く前に飢えて死に、ただひとりの身寄りのはずの父は行方《ゆくえ》知れずです」

寂円が寂しそうに笑った。

「――今のお話を、帳面に書き留めさせていただいてもよろしいでしょうか？」

人の過去を覗き、胸の内を暴く。

なんて因果《いんが》な商売だろう。

そう思いながらも、覚えずして息が上がり胸が高鳴った。

「ええ、もちろんです」

「ありがとうございます」

母は飢え死に、父は行方知れず。

寂円の兄弟子が言っていた、両親の墓参り、という言葉との差異を思いながら、そこに傍線を引く。

「では、寂円さんと、書との出合いを教えていただけますか？」

「道端に落ちていた一枚の読売です」

「読売ですって？」

お奈津は己の鼻先を指さした。

「そう、この世の事件を面白おかしく書き連ねた、至ってどこにでもある読売です」

寂円が親し気な目をして頷いた。

「私の親は文字など読めません。ですから近所の婆さまのところへ行って、読み上げてもらったんです。変わった婆さまでしてね。今思えば、どれも子供に読み聞かせるような話じゃありませんよ。ですが、文字を読み書きするというのは、なんて面白いことなんだと夢中になりました」

次第に寂円は書に関心を持つようになった。

見よう見まねで始めてすぐに、その才は輝いた。

「その婆さまが、ちょいと学のある人でしてね。お前には天賦《てんぷ》の才がある、なんてべた褒《ぼ》めしてくれて、ずいぶんと私の学びを助けてくれました」

「その婆さまが、寂円さんの親代わり、というわけですね。その方は、今どうされているんですか?」

「数年前に亡くなりました。寂光寺の参り墓に眠っています」

なんだ、そういうことだったのか。それで納得がいく。

お奈津は大きく頷いた。

寂円は兄弟子に詳しいことを説明するのが面倒くさくて、「親の墓参り」と言ったに違いない。

「その婆さまは、どうして寂光寺の参り墓に？　寂円さんがお江戸に出ていらしてから、こちらで改めてご供養をされたんですか？」

「いいえ、そういうわけではないんです。婆さまが暮らしていた家の家守さんが、寂光寺のご住職と知り合いだったご縁です」

お奈津は耳を欹てた。

「その家守の名を教えていただけますか？」

「確か、直吉さんという名です」

「寂円さんの生まれってどちらでしたか？　まだ伺っていませんでしたよね？　もしかして、まさか……」

お奈津は身を乗り出した。

「角筈村です。先日、火の見櫓で騒動を起こしたって悪戯坊主の村ですよ。その子はいったいどうして、角筈村からこんな遠くまで出てきたんでしょうね」

「角筈村！」

お奈津は息を呑んだ。

「……寂円さん、すみません、その婆さまはどんなお人柄でしたか？」

寂円の顔をじっと見る。

「優しくて厳しい婆さまでした。子供が大好きで、曲がったことが大嫌いな頼もしい人です」

「寂円さんの才を見守って育ててくださった立派な方なんですね？　それに心のある方ですよね？　化けて出るなんて、決してそんなはずはありません」

「ええ、仰《おつしや》るとおりです」

寂円の顔に懐かしそうな笑みが浮かんだ。

「もしよろしければ、私と一緒に角筈村に行って、その婆さまのお話をしていただけないでしょうか？　この間の悪戯坊主は、今、その婆さまの家でおっかさんと二人で暮らしているんです」

「えっ？」

寂円の顔に、明らかな狼狽《ろうばい》が走った。

十

それから数日後、月海と直吉、そしてお奈津と寂円で連れ立って、矢太郎を角筈村まで送り届けに出向いた。

「矢太郎！」

掘っ立て小屋から飛び出してきたお竹が、涙ながらに駆け寄った。

「あんた、いったいどうして！　おっかさんがどれだけ心配したか、わかっているのかい？」

お竹は矢太郎の両肩を摑んで揺さぶった。

法衣《ほうえ》を着た月海のことが気になるのか、さすがにこの間のように激高することはない。

ただ窶《やつ》れ果てた顔に酷く傷付いた表情を浮かべて、大きなため息をついた。

「……おっかさん、ごめんなさい」

矢太郎がぺこりと頭を下げた。

「たいへんなご迷惑をお掛けしました。それじゃあ、これで……」

お竹は皆の顔をろくに見ずに、決まり悪そうに家の中へ戻ろうとする。

「お竹さん、お願いがあるんです。この寂円さんのお話を聞いていただけませんか？」

「寂円だって？　もしかして書家の寂円のことかい？」

お竹が胡散《うさん》臭げに寂円を見た。

「ええ、私がその寂円です。私は、この家で暮らしたことがあるんです」

「えっ？　あんた、この村の出なのかい？　それもこの家で暮らしていたって？　そんな話、聞いたことがないよ」

お竹が仰天《ぎょうてん》した顔をした。

「……ここいらでは皆が知っている有名な話さ。お竹さんは、この村のことを聞く相手がいなかったから知らなかっただけだ」

直吉がぼそりと口を挟んだ。

「ここは寂円さんの親代わりだった婆さまの家なんです。とても優しくて、子供が好きな婆さまで――」

「やめとくれ！」

お竹が鋭い声で遮った。

「ここで死んだっていう婆さんのことかい？　そんな話は聞きたくないよ。年寄りが死んだ話なんて、腐るほどあるのは知っているさ。だからってこの家には何も妙なことは起きちゃいないよ。私たちのことは放っておいておくれ」

取り付く島もない。

「で、でも、おっかさん、影が……」

矢太郎が泣き出しそうな声で言った。

「え？　影がどうしたんだい？」

お竹の声色《こわいろ》が変わった。低く、凄《すご》むような色を帯びる。

「わ、わ、わ！　まただよ！」

矢太郎が地面を指さした。

お竹の影の首が消えていた。

「影がどうしたっていうんだい？」

お竹が矢太郎を睨み付けて一歩前に踏み出した直後、二人の頭上を青い鳥が甲高《かんだか》い声で囀《さえず》りながら横切った。

「え？　まさか。今の鳥太郎？」

目にしたものが信じられない気持ちで、お奈津は叫んだ。

鳥太郎を目で追って、お竹が矢太郎の背後に視線を運ぶ。

と、その目が大きく見開かれた。

目玉が零《こぼ》れ落ちそうに大きくなる。身体がわなわなと震え出す。

「ひいっ！　た、助けて！　あんた、どうしてここに！」

お竹がその場で力が抜けたようにしゃがみ込んだ。

腰が抜けてしまったようだ。立ち上がろうといくら藻掻《もが》いても、その場でじたばたするだけだ。

お奈津が慌てて振り返ると、そこには菜切り包丁を手にした黒い顔の男が立っていた。お竹の動揺から矢一とわかった。

男の身体は小刻みに揺れていた。

「……やっと見つけたぞ。矢太郎が火の見櫓に上ったたって聞いてから、ずっと寂光寺を張っていたんだ」

矢一は幾日も眠っていないのだろう。痩せこけた頰に目が爛々《らんらん》と輝く。

「矢一さん、おやめなさい。いけません！」

月海が緊迫した声で言った。傍らで直吉が身構える。

「矢太郎ちゃん、こっちへいらっしゃい！」

お奈津は身を強張らせて、矢太郎を庇うように抱き締めた。

「俺に逆らったらどういうことになるか、わかってるだろうな？」

矢一が虚《うつ》ろな目をしてお竹の前に出た。

「ひいっ！」

お竹が悲鳴を上げて顔を庇った。

菜切り包丁が鈍い光を放つ。

「おとっつぁん、やめて！　帰っておくれよ！」

矢太郎がお奈津の腕を振り払った。

「あっ！　矢太郎ちゃん、駄目！」

慌てて腕を摑もうとしたが間に合わなかった。矢太郎は泣き叫びながら無茶苦茶に腕を振り回し、矢一に向かっていく。

矢太郎はその場で矢一に張り倒されて吹っ飛んだ。

「親に向かってなんて口の利《き》き方だ。お前も、お竹と同じだな。生かしておいてやっても、ろくなことにならねえ！」

矢一が矢太郎の首根っこを摑む。

お竹に見せ付けるように菜切り包丁を振り上げた。

「嫌っ！　誰か来て！」

お奈津が悲鳴を上げたそのとき、寂円の金切り声が響き渡った。

「婆さま、助けて！　お願い、助けて！」

刹那の静寂のあと。

急に強い風が吹いて、凄《すさ》まじい土埃《つちぼこり》が舞い上がった。

「うわっ！　な、なんだ⁉」

矢一が、つんのめったように顔からその場に崩れ落ちた。

握っていた菜切り包丁がぽーんと空を飛ぶ。

直後に、ぎゃあ、と悲鳴が上がった。

空を飛んだ菜切り包丁は、矢一の尻にぐさりと刺さっていた。

「うわあ、や、やめろ！　助けてくれ！　やめてくれ！　命だけは――――！」

矢一が転がるように走り出すと、その足跡に血が滲《にじ》んだ。

一目散に逃げていく。

「……婆さま、やっぱり婆さまだね、また助けてくれたんだね。ありがとう、ありがとう」

寂円がその場にしゃがみ込んで咽《むせ》び泣く。

「えっと、これは、いったいどういうことですか？」

お奈津は月海と顔を見合わせた。

直吉に目を向けると、不機嫌そうな顔で「知らん」と答える。

お竹は真っ白な顔をして呆然としていた。

「ここで暮らしていた婆さまは、子供が大好きなほんとうに優しい人でした。そして同時に、曲がったことが大嫌いな芯の強い人でした」

寂円が涙を拭いながら言った。

「婆さまは、かつて私の父を殺したんです」

寂円がお竹に向き合った。

「私の父は平然と我が子を脅《おど》して傷付ける、人の心を失った男でした。今、目の前に現れたあの男にそっくりな男でした」

十一

直吉が床板を剝《は》がすと、そこには半分土に埋まったしゃれこうべがあった。

「これが私の父です。借金で首が回らなくなって追い詰められて、私の両腕を切り落としてお江戸で物乞いをさせようとしたんです。鉈《なた》を手にした父に鬼の形相《ぎょうそう》で追いかけられていたところを、婆さまが助けに来てくれました。ふいに背後から火搔《ひか》き棒《ぼう》で頭を殴られて、父はその場で絶命しました」

寂円がしゃれこうべに冷えた目を向けた。

「死体は川に流しました。ですが万が一、下流で見つかっても身元が割れないようにと――」

「頭を切り落として床下に隠したんだな？　おっかねえ婆さんだ」

直吉が目を瞠《みは》った。

「婆さまは若い頃に、ろくでなしの亭主に殴る蹴るをされたせいでお腹《なか》の子を失ったんです。我が子の命を助けられなかったことを、ずっとずっと悔やみ続けていました」

寂円が涙を拭った。

「それから婆さまは、私の親代わりとして見守ってくれました。私も、いつか婆さまに喜んでもらえるような立派な書家になりたいと思って、ひたすら書に励みました。もう少しで孝行ができるというそのときに、婆さまは亡くなってしまいましたが」

ふいに線香の匂いが漂った。

月海がしゃれこうべに向かって手を合わせ、低い声でお経《きょう》を唱え始める。

「この家でご供養をしなくてはいけなかったのは、婆さまではなくて、寂円さんのお父さんだったんですね。彼がお竹さんに……」

お奈津も月海に倣《なら》って手を合わせた。

月海の長いお経が終わるまでの間、しばらく皆で手を合わせて目を閉じた。

「お奈津さん、このことを読売に書きますか？」

静寂が戻ってから、寂円が覚悟を決めたようにお奈津を見た。

「……いいえ。書きません」

お奈津は首を横に振った。

「なぜですか？　私は書いていただいても構いません。これから、お江戸を出て身を隠して暮らそうと思っています」

「書きません。だって、婆さまには危ないところを助けていただいたんですから」

お奈津はもう一度、首を横に振った。

このことは書けない。金造にどれほど怒鳴られても、役立たずと罵《ののし》られても。

「寂円さんは何も悪いことはしていません。これからも己の道をまっすぐ進むのが、婆さまのご供養になるはずです」

寂円は驚いた顔をしてから、深々と頭を下げた。

「矢太郎、怖い思いをさせてごめんよ。そして皆さま、ご迷惑をお掛けしました。ここの店賃は、来月の晦日《みそか》には必ずお支払いできるように仕事を探します」

振り返ると、お竹が掌で頬を押さえて顔を赤くしていた。目には涙が浮かんでいる。

「このしゃれこうべを見ても、まだここで暮らしてもらえるって話なら、家守としては助かります。それも、来月の晦日に店賃を持ってきてもらえるんですか？　もう少しあとでも構いませんが」

直吉が相変わらずの無愛想《ぶあいそう》な声で言うと、お竹は頬に掌を当てたまま首を振った。

「いいえ、明日にでも、近所の人に畑仕事を手伝わせてもらえるように頼み込みます」

「大根のおじちゃんだね！　あのおじちゃんはいい人だよ！　この前だって、こっそり握り飯を……あ、いけねえ！」

矢太郎が己の口を塞いだ。

「へえ、そうですか。わかりました」

直吉がさほど驚いているわけでもない調子で言った。

「皆さま、私、目が覚めました。これからは、矢太郎のために強いおっかさんとしてしっかり生きていきます」

「それはたいへんよい心がけですね。こちらのご供養は、滞《とどこお》りなく終わりました。

生前は、ずいぶんと己の悪行に苦しまれていたようですが、今はもう安らかなところにいらっしゃいます。きっとお竹さんが心を乱されるようなことも、もうないでしょう」

　月海が人のよさそうな顔でにっこり笑う。

「ええ、もう前のように己を失うようなことは二度とありません。だって見てくださいな」

　お竹が頰に当てた掌を離した。

「ええっ！」

　お奈津は思わず声を上げた。

「矢一を追っ払ってくれたときに、婆さまに引っぱたかれたようです。まったくおっかない婆さまです。目から火花が飛び散りましたよ」

　決まり悪そうな笑みを浮かべたお竹の頰には、人の掌の形に真っ赤な跡が付いていた。

第三章

女たらし

一

舞台では、三味線《しゃみせん》に合わせて調子っぱずれな都々逸《どどいつ》の歌声が響いていた。客の野次《やじ》が飛び交う。どっと笑う声。

「へえ、いいねえ」

笑太郎《しょうたろう》は舞台の袖からこっそり客席を覗《のぞ》いた。満員だ。どこにでもあるようなつまらない都々逸に、皆が目に涙を滲《にじ》ませて大口を開けて笑っていた。

今日の客はなかなか当たりだ。

思ったよりも芸が受けたお陰で、芸人がずいぶん浮かれているのが上ずった声色《こわいろ》からも伝わる。

「やってやろうじゃねえか。俺はお前らに、こんな奴なんかよりもっともっと楽しい思いをさせてやるぜ」

下唇《したくちびる》をぺろりと舐めて楽屋の壁を睨《にら》み付けた。

長い煙管《キセル》を手に煙草《タバコ》を一服。胸いっぱいに煙を吸い込む。

目の前がくらりと歪《ゆが》む。

頭の芯を研ぎ澄ませて、細く長い息を吐く。

「笑太郎、ちょっといいか」

呑気《のんき》な声が割って入った。

「なんだい師匠か、いいところだったのによ。用事があるなら早くしてくれ。俺はこれから高座《こうざ》があるんだよ」

師匠を師匠とも思わない生意気な口の利《き》きようだが、笑之輔《しょうのすけ》師匠は笑太郎の扱いには慣れたものだ。紋付羽織《もんつきはおり》に支度《したく》を整えてはいるが、明らかに堅気《かたぎ》には見えない鷹揚《おうよう》な立ち居振る舞いで笑太郎の前に座った。

「こんなもんを吸って臆病心を誤魔化《ごまか》しているようじゃ、お前もまだまだだ。俺くらいになりゃ、一升《いっしょう》呑んだあとでも決してとちることはねえや」

笑太郎から煙管を取り上げて、己が勝手に吸う。

「臆病心だって？　そりゃ、いくら師匠でも聞き捨てならねえぜ？」

笑太郎が拗《す》ねた顔をすると、笑之輔師匠は、

「その話だよ」

と、煙管を灰吹《はいふき》にぴしゃりと打ち付けて、笑太郎に勢いよく煙草の煙を吹きかけた。

「何の話だって？」

呟《せ》き込みながら笑太郎は訊《き》いた。

「臆病心さ。笑太郎、お前は臆病もんだ。このままじゃ噺家《はなしか》としてものにはならねえ」

「へえっ？　師匠、いきなり何を言ってんだよ。呆《ぼ》けがきちまったかい？　今あんたの一門で、俺ほど評判になっている弟子はどこにもいねえはずだぜ？　寄席《よせ》に出入りしている女は、どいつもこいつも俺に首ったけさ」

わざと素《す》っ頓狂《とんきょう》な声を出してみせる。

二年前に笑之輔の弟子として寄席に出るようになってから、笑太郎の評判はうなぎ上りだった。

笑太郎が高座に上がると、いつだって客は、腹が捩《よじ》れるほど笑って笑って笑い尽くす。

寄席の行きと帰りには、必ず着飾った若い女が目を潤《うる》ませて笑太郎を一目見ようと待ち構えていた。

当然、一夜の相手には少しも困らない。芸人としても男としても、すべてが上手くいって面白くてたまらない今日この頃だった。

だが笑太郎は師匠の言葉で、心ノ臓にたらりと冷たい汗が落ちた気がした。

「生憎《あいにく》、まだ呆ける齢《とし》じゃねえさ。俺は師匠として思ったことを言っているんだ」

笑之輔師匠が厳しい顔をした。

「へえ、つまりが俺に妬《や》いているってこったな」

うすら笑いを浮かべて、こちらをまっすぐに見つめてくる笑之輔師匠から目を逸《そ》らした。

「馬鹿話《ばかばなし》はここまでだ。俺は夏のうちにお前に怪談噺《かいだんばなし》をやらせようと思っているんだ。四谷怪談《よつやかいだん》か、番町皿屋敷《ばんちょうさらやしき》か、はたまたお前がどこかから拾ってきた小噺か、噺は何だっていいんだ」

暗い部屋に蠟燭《ろうそく》を灯《とも》し、気味悪い人形や血糊《ちのり》をふんだんに使った怪談噺は、夏場の寄席で老若男女を問わず大いに喜ばれる演目だ。

「怪談噺……ですか」

思わず背筋が伸びて、言葉遣《ことばづか》いもまともになった。

「そうだ。お前がこれまでずっと避《さ》けてきた、怪談噺だよ」

笑之輔師匠が煙管で笑太郎の鼻先を指した。

「避けてきた、ってわけじゃねえやい。師匠が教えてくれなかったんだろう？」

決まり悪い心持ちで肩を竦《すく》めた。

「馬鹿を言え。お前がのらりくらりと逃げ続けていたのに、俺が気付いていねえとでも思ったか」

師匠がせせら笑った。

「今のお前の腕なら、噺のほうはあっという間に覚えちまえるだろうな。けど、大事なのは心構えさ。お前が本当に芸を磨《みが》きたいってなら、怪談噺をものにしてやる、噺家としてここで踏ん張ってやる、って心構えを俺に見せてみろ」

「そんなの当たり前だろ。見せてやるよ」

精いっぱい強がって、口元をへの字に結んだ。

「そうかい、それを聞けてよかったさ。じゃあ、お前は今夜のうちに引っ越しだ」

「引っ越しだって？　引っ越しと噺家としてのどうこうと、どんな繋《つな》がりがあるってんだよ？」

笑之輔師匠が急に声を落とした。

「……お前は、今日から人が死んだ部屋で暮らすのさ。怪談修業だよ」

怪談噺で客に悲鳴を上げさせるときの、暗くおどろおどろしい声だ。

「えっ？」

「……どうした、怖気付《おじけ》いたか？」

笑之輔師匠の声色は怪談噺のままだ。

「い、いや。そんなことはねえよ。少しも怖くなんかねえ」

笑太郎は慌《あわ》てて大きく首を横に振った。

「よしきた。それじゃあ、話はこれでおしまいだ。高座が終わったら荷物を纏《まと》めて、家守《やもり》の直吉《なおきち》に新しい引っ越し先に案内してもらう手筈《てはず》さ。直吉、そういうわけでよろしく頼むよ」

笑之輔師匠が急に元の声に戻って振り返った。

背後に陰気な顔をした若い男が座っていた。狭い楽屋だというのに、笑太郎は直吉という男の気配にまったく気付かなかった。

「かしこまりました」

直吉が頷《うなず》くと、笑之輔師匠は「よろしく、よろしくな」なんて軽い足取りで楽屋を出て行った。

しばらく黙って、笑太郎と直吉は見つめ合った。

直吉が静かに口を開いた。

「嫌なら嫌と言うべきです。笑太郎さんが言ったとおり、噺家としての先行きと、人が死んだ部屋への引っ越しとは何の繋がりもありません。これは笑之輔師匠の単なる思い付き、悪ふざけに近いでしょう。幾度《いくど》も思い直すようにとお伝えしたのですが」

「あんたに師匠の何がわかるってんだい？」

臆病者、と言われたような気がした。

ここで見くびられてたまるかと、直吉を睨み付ける。

「確かにそうですね。出過ぎたことを申しました。師弟のお二人で通じ合うものがあるのでしたら、私には何も言うことはありません」

直吉はあっさり引き下がった。

「それでは、今日の高座が終わりましたら新しい部屋に案内いたします。ちなみにご案内する部屋では……」

「やめとくれ。そんなもん聞きたくねえよ」

客席からどっと笑い声が響く。

——俺は臆病もんなんかじゃねえさ。

その日の笑太郎の高座は今までにないほどのよい出来で、客は猿のように手を打ち鳴らして大いに喜んだ。

二

「嫌だわ。あんたみたいなお嬢ちゃんに聞かせるには、まだまだ早いわよねえ？」

けばけばしい柄《がら》の着物を襟《えり》を抜いて着付けた若い女たちが、顔を見合わせて嬌声《きょうせい》を上げた。むせ返るような香と白粉《おしろい》の匂いが漂《ただよ》う。

夜のお座敷かと思うほどに艶《あで》やかな光景だが、ここは美味《おい》しい団子で評判の富岡《とみおか》八幡《はちまん》の参道の水茶屋だ。

梅雨《つゆ》が明けて急に夏らしくなった日だ。団扇《うちわ》で顔を扇《あお》ぐ女たちの額《ひたい》には汗の粒が浮く。

「いえいえ、これは仕事ですから。私はどれほど際《きわ》どいお話を聞いても仰天《ぎょうてん》しない自負があります」

お奈津《なつ》も額の汗を手の甲で力強く拭《ぬぐ》った。

帳面と小筆を手に真面目《まじめ》な顔をする。

金造《きんぞう》に命じられて、噺家や講談師などの芸人ばかりを追いかける不良娘たちの記事を書くための種拾いだ。

小遣いで寄席に通い詰めることができるくらいよい生まれのはずの娘たちが、己の欲望の赴《おもむ》くままに憧れの芸人を追いかけ回し、身体《からだ》を重ねているらしい。

　そんないかにも男連中が喜びそうな噂話を聞き付けた金造が、「古今東西、不良娘ってのは、おぼこ娘を相手に品のねえことを吹き込むのが大好きって決まりさ」なんて言って、不良娘の溜《た》まり場にお奈津を向かわせたのだ。

「仰天しない自負があります、ですって。まあ、可愛《かわい》らしい」

　お奈津の堅苦しい言い回しに、女たちがぷっと噴《ふ》き出した。

「話してあげようよ。減るもんじゃないだろう？」

　ひと際《きわ》化粧の濃い女が身をくねらせながら言った。

「ええー？　どうしようかしら」

　含み笑いで目配せを交わす。

「しかし噺家さん、というのはそんなに遊び人ばかりなんですか？　私には、長い噺を覚えるために日々芸事に熱中するお兄さんたち、としか見えませんが」

　この調子では、いつになったら話し始めてくれるかわかったものではない。

　敢《あ》えて真剣な調子で、子供じみた質問を投げかけてみた。

「遊び人も遊び人に決まっているわよ。芸人連中の間では、女遊びは芸の肥《こ》やし、なんてふざけた金言があるくらいなんだから」

「真面目な噺家なんているはずがないわよ」

「あいつらはみーんな女好きよね」

皆、口々に言い合う。

「それをわかっていて芸人さんと夜通し語り合い、皆さんは辛くならないんですか？　己ひとりだけを見てほしい、って思ったりすることはないんでしょうか？」

お奈津の質問で、女たちの間に急に白けた気配が漂った。

「ずいぶん野暮《やぼ》なことを訊くのね」

「まあ、もっと若いうちはそう思ったこともあったけど」

「そりゃ、そんな気分になることがないとは言えないけれど」

「え？　それって、誰のこと？」

「いいのよ、放っておいて」

「もしかして、笑太郎？」

その場にいた皆が、思い思い違ったところに目を向けた。

「まさか！　私はあいつの芸が好きなのよ。あんな生意気な男と所帯《しょたい》を持つなんて死んでも御免《ごめん》だわ」

「嫌ね、赤くなっちゃって。もしかしてほんとうに——」

「笑太郎さん、ってどんな方なんですか？」

その名が出たときの皆の妙な顔つきに、ここだ、と思う。

「え？　笑太郎は噺家よ」

「そこそこ人気があるね」

あまり話したくなさそうな雰囲気だ。

「ここの皆さんは全員、その笑太郎さんと男と女の仲になっていらっしゃる、ってことですか？」

お奈津がずばりと切り込むと、女たちは老人のように渋い笑いを浮かべて顔を見合わせた。

「あいつ、調子がいいのよ。今日の寄席ではお前にだけわかるような仕草をするから見ていてくれよ、なんて言うもんだからこっちもほだされちまうわ」

苦虫を噛《か》み潰したような顔、とはこのことだ。

「それ、私も言われたわよ。鼻を親指で二回擦《こす》る、でしょ？」

「違うわ。私には、右目だけを瞑《つむ》ってこっちを見るって言ったわよ」

「私には、親指で唇を拭うからちゃんと見とけよ、なんて言っていたけれど？」

「なるほど、なるほど、そうやって舞台の上から女の人に合図を送る、というのは面白いですね。同じ舞台でも、役者では勝手に芝居を変えるわけにはいきませんから、なんとも噺家さんらしい艶《つや》っぽいお話です」

女たちが少々むきになり始めたのに気付いて、お奈津は慌てて相槌《あいづち》を打った。

遊び人の噺家、笑太郎が、客の女をとっかえひっかえする艶話《つやばなし》。高座から女にしたり顔で合図を送っているその光景は、なかなか絵になりそうだ。

金造は常日頃から無茶な仕事の振り方ばかりをしてくるが、さすがにお奈津に男女の艶話を書けとは言わない。

このくらいの種拾いをしておけば、あとは金造の下で働く戯曲家《ぎきよくか》を目指している誰かが勝手に面白おかしく話を作ってくれるに違いない。

「そういえば、あんた、この前はいつ、笑太郎の上野下谷《うえのしたや》の襤褸《ぼろ》長屋に行ったの？」

「いつだったかしらね？　忘れちゃったわ」

「へえ、そんなに昔のことだったたってわけね」

紫の玉簪《たまかんざし》を挿した女が妙に得意気に言った。

「違うわよ。あいつのところには、覚えていないくらいしょっちゅう行っているってことよ」

「へえ、へえ。それはそれは。あんたのしょっちゅうは、少なくとも十日は前ね」

「何ですって?」

「あんたたち、おやめよ。むきになっちゃって。遊びが本気になったらあとが怖いよ」

「本気になんてなってないわよ。私、あいつのことなんて少しも好きじゃないんだから。ただあいつの芸が――」

「笑太郎の芸なんて私は認めないわ。あんなの、顔立ちと人当たりのよさで売っているだけよ。肝心の噺のほうはそこまで騒ぎ立てるほどのもんじゃない、ってみんなもそう言っていたわよね?」

「とかいっておいて、あんただってあいつと――」

「ええそうよ、何か悪い? それとこれとは別よ」

女たちは帳面に筆を走らせるお奈津のことなんてすっかり忘れた様子で、ぺちゃくちゃと姦《かしま》しく喋《しゃべ》り続けた。

三

辺りがすっかり暗くなってから笑太郎が直吉に案内された長屋は、浅草《あさくさ》の今戸橋《いまどばし》のたもとにあった。

芝居小屋や一杯呑み屋が建ち並ぶ賑《にぎ》やかなところにほど近いが、そうとは思えないほど静かなところだ。

長屋の見た目は古ぼけていた。

だが一歩、足を踏み入れて驚く。

障子は黄ばんでいるものの破れは一切なく、壁の汚れもほとんどない。

この家の住人は、日々ずいぶん丹念《たんねん》に部屋の掃除《そうじ》をしていたのだろう。

家の中にがさつな男や大騒ぎする小さな子供がいたら、こんな暮らしはできない。きっとこの部屋の前の住人はひとり暮らしの女だ。

「へえ、前の部屋よりずいぶんましなところじゃねえか」

これまで笑太郎は笑之輔師匠の義母が大家《おおや》をやっている、朽《く》ちかけた襤褸長屋で暮らしていた。

ろくに普請《ふしん》をしていないので、雨漏《あまも》りも隙間風《すきまかぜ》も酷《ひど》い。おまけに師匠の義母が長屋の入口の部屋にいて、笑太郎のだらしない暮らしぶりを逐一《ちくいち》師匠に告げ口する。

そんな最悪な部屋なのにいっちょ前の店賃《たなちん》を取るので、一刻《いっこく》も早く出て行きたい。しかし拾ってくれた師匠の手前、そうも言い出せない、と、ちょうど板挟みになっていたところだったのだ。

「それでは、何かありましたら私のところへ。千駄ヶ谷《せんだがや》の寂光寺《じゃくこうじ》の隣におります」

直吉が頭を下げた。

「ちょ、ちょっと待ってくれよ。何かありましたら、って何だいその気味悪い言い草は？」

笑顔を浮かべて、半分冗談の口調で絡《から》む。

この直吉という男が妙に気になってしまうのは、この暗い顔のせいだ。

噺家にとって暗い顔の奴というのは、とにかく居心《いごこ》地が悪い。

「気味悪い？　至ってよくある家守の挨拶《あいさつ》のつもりですよ。雨漏りや隙間風が気になるときはこちらで直します」

直吉がまっすぐにこちらを見る。

「え？　そ、そうかい？　ならいいんだよ。ご、ご親切にありがとうな」

わざと平然と嘯《うそぶ》いたつもりが、かえって臆病者と見透《みす》かされるような調子になってしまった。

直吉が去っていく足音を聞きながら、笑太郎は口をへの字に結んだ。

行燈《あんどん》の灯《とも》った薄暗い部屋を見回す。

「この部屋で誰かが死んじまった、ってわけだ。ちっともそんな気がしねえや」

これまで暮らしてきた部屋よりも、ずっと綺麗《きれい》でずっと心地よい。

この部屋なら、いくらでも女を連れ込めるぞ。

にやりと笑った。

前の部屋は、遊び相手の女にずいぶん評判が悪かった。

芸人連中のだらしない暮らしぶりに慣れた様子の擦《す》れた女は、「仕方ないわねえ」なんて呆《あき》れ顔で片付けをしてくれた。

だが、こちらをきらきら輝く目で見つめてくれるうら若いおぼこ娘に手を出すには、前のあの部屋では気が引けた。

「いい部屋だねえ。気に入ったよ」

わざと大きめの声で言った。

――よかった。

振り返った。

誰もいない。

部屋を見回す。

やはり誰もいなかった。

四

お奈津が部屋に戻ると、鳥太郎《とりたろう》が、ちゅん、と鳴いて出迎えた。

部屋の隅の暗がりから飛び出してきて、跳《は》ねながらこちらへやってくる。

「鳥太郎、ただいま。お腹《なか》が減ったでしょう？　遅くなってごめんね」

帰り道に煮売り屋で買い求めた握り飯を、ほんの一口分くらい皿に載せてやる。

それと、煮売り屋の女将《おかみ》におまけに貰った菜っ葉の切《き》れっ端《ぱし》。

鳥太郎は嬉しそうに高い声を上げて囀《さえず》った。

美味しそうに食事をしながら、ところどころで細かく嘴《くちばし》を震わせて鳴く。

「今日はとってもくたびれたわ。艶やかなお姉さんたちのお話ってのは、耳に毒ね」

ひとり言のお喋りに鳥太郎に相槌を打ってもらっている気分で、お奈津も握り飯を頬張《ほおば》った。

「笑太郎さん、って噺家のことを教えてもらったのよ。あら、なんだか鳥太郎、お前によく似た名前の人ね」

くすっと笑う。

鳥太郎は艶々と光る目でこちらを見上げて、首を傾《かし》げる。

「その笑太郎さん、とんでもない女たらしなんだから。舞台の上から、その女の人にしかわからない合図を送るなんて気障《きざ》な真似《まね》をするもんで、みーんなその人に首ったけなんですって」

肩を竦めた。

「でもね、どうやらあの感じだと、今の笑太郎さんの人気は長く続くかわからないわ。だってみんな、笑太郎さんの顔や色気のことばかりで、肝心の芸のことはちっとも見ていないんですもの」

わざと大人びた調子で言ってみた。

鳥太郎はきょとんとしている。

「笑太郎さんは噺家として色気がある人には違いないんでしょうけど。でも、色気っていったい何なのかしら？　鳥太郎、お前にはわかる？」

娘たちの艶っぽい笑い声が胸に蘇《よみが》る。

お奈津には、あの娘たちの考えていることはさっぱりわからない。

芸事に打ち込んでいる芸人を追っかけ回して、その男に軽々と身を任せてしまうなんて。

本気の惚《ほ》れた腫《は》れたの話ではないと言いつつも、己が女として粗末《そまつ》に扱われているとは決して認めようとはしない。

仲良し同士でいつも集まっているのに、仲間に知られたくない隠し事はずいぶん多いようだ。

己の心のままに気ままに生きているようでいて、その胸の内はなかなかの闇を湛《たた》えているのかもしれない。

「あら？　鳥太郎？　どうしたの？」

食事を終えた鳥太郎が、踊るように跳ねて部屋の隅の暗がりに向かった。

嘴に咥《くわ》えて戻ってきたのは、白い小さな梔子《くちなし》の花だ。

「まあ、綺麗！　これ、私にくれるの？」

花弁の端は少し色が変わって茶色くなっていた。

どこかの家の生垣《いけがき》辺りに落ちていた花を、拾ってきてくれたのだ。

「嬉しい、ありがとう」

花を掌《てのひら》に載せてしげしげと眺《なが》める。

そういえば小さい頃の私は、お花が大好きだった。

野花を摘んで花束にして、母や祖母の喜ぶ顔を見るのが好きだった。

萎《しお》れかけた、でもとても可愛らしい梔子の花を見ていると、ささくれ立った胸の内が穏やかになるのがわかった。

鳥太郎はほんとうに不思議な鳥だ。

こうしてお奈津が落ち込んでいると慰めてくれる。

それにこの間は角筈《つのはず》村でお竹《たけ》と矢太郎《やたろう》の間を飛び抜けて、矢一《やいち》がやってきたことを知らせてくれたのだ。

ふいに、あれ？　と思う。

角筈村はここからあまりにも遠い。落ち着いて考えれば、いくら何でもあの青い鳥が鳥太郎のはずがない。

そうよ、そうに決まっているわ。私が鳥太郎のことが大好きだから、きっと見間違えたのよ。

くすっと笑った。

「ありがとう、鳥太郎。疲れが取れたわ。明日も奮闘《ふんとう》するわね。明日はたいへんよ。笑太郎さんに会ってこなくちゃいけないの」

鳥太郎がその場で勢いよく羽を震わせる。

駄目、駄目、と怒っているように鋭《するど》く鳴いた。

「平気、平気よ。笑太郎さんが危なっかしい芸人だってのは、あのお姉さんたちのお話を聞いてよくわかっているから。寂円《じゃくえん》さんのときのように、深いお話を聞かせてもらおうなんて思っちゃいないわ。女の人と一緒にいるまさにそのところを狙って、声を掛けるだけよ」

噺家の、さらに遊び人の笑太郎に、正面から話を聞かせてくれなんて頼むわけにはいかない。どれだけ適当な面白おかしい話を聞かされて煙《けむ》に巻かれるか、わかったものではない。

悪を暴くわけでもなければ、人情に訴《うった》えかけるわけでもない、軽く読める艶っぽい記事の種拾いだ。

こんな仕事の仕上げは、男女が連れ立って歩いているところで急に声を掛け、驚き戸惑う二人の姿をきちんと書き留めておけばそれでじゅうぶんだ。

「笑太郎さんの家は、下谷の襤褸長屋……って言っていたわね。下谷に古い長屋はたくさんありそうだから、寄席の帰りを狙うのがいいのかしら？　でもそれだと女の人と二人きり、っていかにも後ろめたい光景に出くわすのは難しいし……」

帳面を捲《めく》って、昼の娘たちとの会話を思い出す。

「あ、この言葉」

——あんたのしょっちゅうは、少なくとも十日は前ね。

書き留めた文字を目で追ったら、妙に得意気な口調が蘇った。

紫の玉簪を挿した女の台詞《せりふ》だ。

これはいったいどういう意味だろう。

しばらく考える。

十日以内に、笑太郎の部屋に何かが起きたに違いない。

紫の玉簪の女はそれを知っている。

得意気な口調からすると、他の女たちより笑太郎と深い仲ということなのかもしれない。

「……あの紫の玉簪の人を追ってみようかしら」

お奈津は難しい顔をして、両腕を前に組んだ。

五

次の日の夕暮れどき。

昨日と同じ富岡八幡の水茶屋で、仲間との賑やかなお喋りを終えた紫の玉簪の女は、帰り道で急に身を隠すように四つ角を左に曲がった。

すぐにもう一度左に。さらにもう一度左に曲がる。八幡さまの前に戻ってしまった。

女は知った顔がいないことを確かめるように周囲を見回すと、急ぎ足で今来た道とは逆へ進む。

「よしっ。思ったとおりの、いかにも後ろめたそうな足取りだわ」

お奈津は胸の高鳴りを感じながら、兎《うさぎ》のようにすばしっこく女のあとを追いかけた。

芝居小屋のある賑やかなところを通り過ぎて、辿《たど》り着いたのは今戸橋のたもとだ。

それまで息を切らしていそいそと足を運んでいた女が、裏長屋へ続く木戸の前で急に立ち止まった。

中を窺《うかが》っているにしては、微動《びどう》だにしないその背がいやに強張《こわば》っていた。

いったいどうしたんだろう、とお奈津が少し近付いたそのとき。

「うわっ！」

素っ頓狂な男の声が響き渡った。

「な、なんだ。お前か。驚かせるんじゃねえさ。なんでまた、急にここへ……」

笑い声が混ざっているが、ずいぶん焦った口調だ。

「なんでって、約束したでしょ？　次は明後日《あさって》にこの部屋で、って。忘れたの？」

「へ？　明後日？　そんな約束したっけか？　いやいや、したな。うん、したさ。

俺が悪い。ここは俺がすべて悪い」

「ねえ、笑太郎さん。こちら、どなた？」

刺々《とげとげ》しい別の若い女の声。

「ええっと、これはだな。ええっと、どうしようかねえ」

「あんたこそ、どこの誰？　寄席の辺りじゃ見ない顔ねえ」

紫の玉簪の女が、どすの利いた声で言った。

「寄席？　なあにそれ？」

相手の女は不思議そうな声を出す。

「あんた、物を知らないのねえ。寄席っていうのは噺家が小噺をするところよ」

「そのくらい知っているわ。その寄席と、笑太郎さんとどんな関わりがあるってのよ？」

「笑太郎、あんた、己の素性《すじよう》を隠してこの小娘と遊んでいるってこと？　あんた、それっていくら何でも……」

「うわっ、ええっと、困ったねえ。別に俺はわざわざ悪さをしようなんて、少しも思っちゃいねえんだけれどなあ」

よしっ、今だ。

笑太郎が走って逃げ出してしまう前に。

「お取り込み中のところ失礼いたします。種拾いのお奈津と申します！」

お奈津が三人の間に割って入ると、皆、揃《そろ》って鳩が豆鉄砲を喰《く》ったような顔をした。

「あ、あんた昨日の……」

紫の玉簪の女は、まずいところを見られたという様子だ。

「ご安心ください。お姉さんのことは、お仲間が聞いても決して誰のことだかわからないように曲げて書きます。私が書きたいのは笑太郎さんのことなんです」

「俺のことだって？　おうっと、面倒くさいことになっちまったねえ」

笑太郎が茶化すように言った。

お奈津が飛び込んできたその刹那《せつな》だけは驚いたものの、それこそ芸人にとっては女との醜聞《しゅうぶん》は芸の肥やしとしか思っていないのだろう。

顔を真っ赤にして動揺している二人の女の間で、へらへらと緩《ゆる》んだ顔つきだ。

「それで、何が訊きたいって？」

ろくなことを書かれないとわかっているのに、己の話をしたくてたまらない、という雰囲気。

芸人というのはこれほど変わり者なのかと、お奈津は少々驚く。

「ここは笑太郎さんのお部屋なのですか？　確か、下谷の古い長屋にお住まいと聞きましたが……」

「引っ越したのさ。ちょうど半月ほど前にね。これを機に、遊びのほうも片付けようと思ってね。この部屋を知っているのは、よほど気を許した女だけさ」

笑太郎は、紫の玉簪の女に目配せをした。

「その分、己の素性を知らない女を連れ込めるようになったってわけね。もう、笑太郎、あんたってほんとうにどうしようもない奴よ。地獄に落ちるわ」

「そんなおっかねえ言い方すんなよ」

笑太郎はだらしなく笑う。

「芸人さんだったのね？　知らなかった。私、てっきり、まっとうに働く人に心から好いてもらったんだとばかり……」

若い娘が目に涙を溜《た》めた。

「まっとうな男が、出会ったその日のうちに女を部屋に連れ込んだりするもんですか」

紫の玉簪の女の言ったことは図星《ずぼし》だったようだ。

若い娘は、その場にいた皆をきっと鋭い目で睨み付けると、一目散《いちもくさん》に駆け出した。

「あーあ。なんでそんな意地悪を言うかなあ」

笑太郎は追いかけもせずに頭を掻《か》く。

「悪かったよ。なんかお前が好きなもんを喰いに行こうぜ」

紫の玉簪の女は、般若《はんにゃ》のような顔で笑太郎を睨み付けた。

が、それはほんの刹那だけのことだった。

「私が好きなもの、覚えているの？　当たったら許してあげるわ」

「そう来なくっちゃな。答えは三度までか？」

「なんで三度なのよ？　一度きりよ」

「ええっ、そりゃねえぜ」

二人で顔を見合わせて笑い合う。

お奈津は目の前で繰り広げられる馬鹿らしい光景に、呆気《あっけ》に取られて口をあんぐり開けた。

「それじゃ種拾いのお嬢ちゃん、俺たちは先に失礼するよ。他に訊きたいことはあったかい？」

仲直りをしたばかりの身を寄せ合う男女には、これ以上何を訊いても暖簾《のれん》に腕押しだ。

「いえ、お邪魔《じゃま》いたしました」

「読売《よみうり》にはさ、『笑太郎は、お江戸一の別嬪《べっぴん》と一緒に町へ消えて行った』ってきちんと書いとくれよ」

「嫌よう、あんた、ほんとうに口が上手いんだから」

遠ざかっていく二人の笑い声を聞きながら、お奈津はしょんぼりと肩を落とした。

笑太郎は無理だ。お奈津の手に負える相手ではなかった。

この世には己の悪名も、無名よりは遙かにましと大喜びで受け入れるような連中がいるのだ。

相手に掌で転がされてしまったら、決してよい記事にはならない。

種拾いの仕事というのは、相手の胸の内を揺さぶって、そのときその場でしか聞くことのできない言葉を、見ることができない表情を拾ってこなくてはいけないのだから。

金造親方に、きっととんでもなく叱《しか》られるに違いない。

涙ぐみそうな気分になっていると、ふいに背後から声を掛けられた。

「あんた、どうやらあの男の遊び相手じゃなさそうだね。あいつがいったい何者なのか知っているのかい？　教えておくれよ。気味が悪いんだ」

赤ん坊を背負った母親だ。

同じ長屋の人だろう。

「えっと、私は女の人のほうの知り合いなのであまり詳しくないんです。気味が悪い、っていうのは、いったいどうしてですか？」

誤魔化してあべこべに訊き返す。

「あの男、いつも違う女を家に入れているんだよ」

「どうやら、すごくモテる人のようですね」

「モテるなんてそんな楽しい話じゃないよ。毎晩、毎晩、違う相手を一日も欠かさずさ。明け方までうるさいったらないよ。おっと、いけない。お嬢ちゃんにはまだ早い話だね」

「毎晩、毎晩、違う相手を、一日も欠かさず、ですか？」

お奈津は眉を顰《ひそ》めた。

男と女のことはまだわからない。

けれど笑太郎の行動がまともではないのが、目の前の女の気味悪そうな顔つきからわかる。

「この長屋の皆は、あの男はお島《しま》に取り憑《つ》かれているんじゃないかね、って話しているのさ」

ぎくりと肝《きも》が冷えた。

「お島、って誰のことですか？」

「先月、あの部屋で死んだ住人だよ。まだ若かったんだけれどねえ。ある朝、急に土間《どま》で倒れてそれきりさ。あの男は、そこんところの事情を家守からきちんと知らされていたのかねえ？　もちろん私たちからは、決して口に出さないように気を付けているけれどさ」

「すみません、その家守ってどんな人ですか？」

嫌な予感がする。

「辛気《しんき》臭い顔をした若い男さ。確か、千駄ヶ谷寂光寺隣の直吉、っていったよ」

お奈津は息を呑んだ。

六

寂光寺の前を通ると、月海《げっかい》と、先日留守番を任されていた小僧が二人で掃《は》き掃除をしながら何やら親し気に喋っていた。

「お江戸でいちばん美味《うま》い蕎麦《そば》なら、藪《やぶ》蕎麦だよ。それだけは譲れないね」

「藪蕎麦？　いやいや、そんなの納得できないさ。蕎麦といえば更科《さらしな》じゃなくちゃね」

まるで子供同士のような、あまりにも呑気な会話だ。

二人はお奈津に気付くと、慌てて身を正した。

「ややっ、そこにいるのはお奈津さんでしたか。どうもすみません。こちらは私の弟の良海《りょうかい》です。今はまだ他の寺で修行をしつつ、時折こちらに戻ってくる身です。ご存じのとおりのとんでもない粗忽者《そこつもの》です」

「良海と申します。先日はたいへんな失言を……。さらに名乗りも忘れました」

良海は、兄の月海よりも少々痩《や》せて背が高い。

齢は三つは離れているだろう。まだまだ幼い顔つきだ。

だが二人並ぶと、まさに兄弟としか思えないほどよく似ている。

「月海さんの弟さんでしたか。どうぞよろしくお願いいたします」

「こちらこそ。おや？　先ほどの年上のお友達はどちらへ？」

良海が目をぱちくりさせた。

「お友達ですって？　私はひとりでここへ参りましたよ。直吉さんに用があるんです」

首を傾げた。

「良海……！」

月海がしかめっ面《つら》をして、首を横に振った。

良海ははっとした顔をして慌てて口を両手で押さえる。

「い、いえ。私の見間違いでした。すべて私の見間違いです」

お奈津は背後を振り返った。

人っ子ひとりいない。

「良海さん、もしかしてあなた……」

背筋がすっと冷たくなりかけたところで、低い咳払《せきばら》いが聞こえた。

「またお前か」

うんざりした顔つきで現れたのは直吉だ。

「直吉さん！　今日は直吉さんに用事がありまして、はるばる今戸橋からとんぼ返りして訪ねてまいりました」

「今戸橋だって？」

直吉の動きが止まる。

「覚えがありますね？　噺家の笑太郎さんの暮らす長屋の部屋について、伺いたいことがあるんです。直吉さんが紹介した、あのお部屋です」

「確かに笑太郎という噺家に部屋を紹介したな。けれど、何かあればここを訪ねてくるようにとちゃんと伝えたぞ。今のところ音沙汰《おとさた》はない」

「あの部屋では、お島さんという女性が亡くなったんですよね？　近所の人から聞きました。笑太郎さん、もしかしたらその人に憑かれているかもしれないんです」

月海と良海が顔を見合わせた。

「憑かれている、なんて言葉を軽々しく使うな」

直吉が冷たい声で応じた。

「でも、そうとしか考えられないんですよ。笑太郎さんは、毎晩のように別の女の人を家に連れ込んでいるっていうんです」

「お嬢さん、笑太郎は元からそんな男ですよ。誰とでも寝るような薄っぺらい女の尻ばっかり追いかけて、心底芸に打ち込むことができねえ臆病者なんだ」

ふいに聞こえた笑い声に驚いて顔を上げると、寂光寺の門のところに羽織姿の初老の男が立っていた。

思わずこちらも笑みを浮かべてしまうような気さくで柔らかい口調だが、よくよく見ると冷めた目で周囲の顔色を窺っている。

「笑之輔師匠。その節はどうもお世話になりました」

直吉が頭を下げた。

この人が笑太郎の師匠か。

「ああ、こちらこそ世話になったね。けどね、今日はあんたに謝らなくちゃいけねえんだ」

笑之輔が肩を竦めて、口をへの字に曲げてみせた。

「謝るとは、何をでしょうか？」

直吉は笑之輔に向き合う。

「あんたの忠言を聞かなかったことさ。やっぱり思い付きでこういうことをしちゃいけねえんだな、って思い知ったよ。噺家なんてやくざなもんだからね、考えが足りないってのはどうか見逃しておくれよ。助けてほしいんだ」

「やはり笑太郎さんの部屋に何かが出るんですよね？　それは女の人の幽霊ですか？」

前のめりになって訊いたお奈津に、笑之輔は首を横に振った。

「部屋じゃねえさ。寄席に出るんだよ。そのせいであいつは、前よりもっと臆病心に囚《とら》われちまった。色に狂いが高じて、まともに高座もできなくなっちまったのさ」

「寄席に……ですか？」

真っ昼間に、皆がげらげら笑っている場所だ。

どんな恐ろしい幽霊も、そんな場所では力をなくしてしまいそうだが。

「そうさ、寄席の客席に出るんだとさ。どれほど客の皆が笑い転げていたって、冷たーい白けた顔をして、つまんなそうにしている女の幽霊がな」

「へえっ？　つまらなそうにしている幽霊、ですか？」

お奈津にとっては、ちっとも怖くない。

けれど高座で芸を見せる噺家にとっては、震え上がるほど怖いに違いない。

「生憎、俺は、そういうことには鈍いもんでねえ。一度もその幽霊の顔を拝んだためしがねえんだ。けど、あいつは間違いなく視《み》えるっていうんだよ。ほんとうに、にこりとも笑わずに、笑太郎の噺をじっと聞いている女の幽霊がさ。その女は決まって笑太郎の噺が終わったそのときに、ふっと消えちまうってのさ」

「笑太郎さんはどんな様子ですか？」

直吉が訊いた。

「酷いもんだよ。とちるはつっかえるは。昨日なんて、噺の続きを忘れて頭が真っ白になっちまったって。途中で十ほど数える間、ずっとぽかんとしていやがったさ」

「噺家として、とてもよくない流れですね」

「さすがに俺も、高座が終わってから説教をしようと待ち構えていたんだけれどね。あいつ、猫みてえにすばしっこく逃げやがって話にならねえのさ。これが続くんじゃ、あいつを高座に上がらせることはできなくなる。高座に上がれない噺家は、あっという間に廃業よ」

「そんな……」

先ほど出会った笑太郎が、まさかそんな追い詰められた状態だったなんて。

「悪いがすぐに部屋を引き払わせてくれ。それと、もう一度ご供養《くよう》を頼みたい」

笑之輔は直吉に、次に月海に頭を下げた。

「わかりました。明日にでも早速」

直吉と月海が揃って頷くと、笑之輔はほっとした顔をした。

「それじゃあ悪いね。仏さんには、俺が、こんな悪ふざけは金輪際《こんりんざい》もうしねえ、って心から反省していたと伝えてくんな」

去ってゆく笑之輔の背を見つめながら、直吉がお奈津に囁《ささや》いた。

「お奈津、お島について調べてほしい。今戸橋のお島。齢は二十四で下野《しもつけ》の生まれ。仕事は浅草の猿若町《さるわかちょう》の一杯呑み屋で炊事場《すいじば》に立っていたらしい。いったいどんな女だったのか」

お奈津は驚いて顔を上げた。

「何だ？」

「いいんですか？　私が調べても？」

「それが仕事だったな。悪かった。手間賃《てまちん》はきちんと払う」

「いいえ、要《い》りません！　私、笑太郎さんのことを記事にさせてもらいますから！」

この話はきっと記事になる。

お奈津は腕まくりをした。

七

過去の読売に目を通しても、金造親方に訊いても、今戸橋のお島のことはわからなかった。

つまり、お島の死に方は少しも人目を惹《ひ》くようなものではなかったということだ。

それまで壮健に暮らしていたのに、二十四で急に命を落とすというのは、当人や家族にとっては耐え難《がた》い悲劇でしかない。

だがそのくらいのことは、この憂《う》き世《よ》では至ってよくあるのだと思い知ると、生きるということ、死ぬということの儚《はかな》さを想う。

お奈津は再びお島が暮らしていた、そして今は笑太郎が暮らす今戸橋に向かった。

朝の女たちが井戸端に集まってくる頃を狙うと、先日の母親が、雀《すずめ》の鳴き真似をして背中の赤ん坊をあやしながら現れた。

「おう、おう、ちゅん、ちゅん、ほら、あそこの木の上に雀がたくさんいるよ。雀さんとお喋りしておきな」

赤ん坊に話しかけて木の上を指さす。

「あ、あんた、昨日の」

お奈津に気付くと、母親の眠た気な目にきらりと光が宿った。

「あの男、またなんだよ。今度は年増《としま》の後家《ごけ》を連れ込んだみたいでさ。一晩中酒を呑んで大騒ぎをしておまけに……。うるさいったらありゃしないんだよ。せっかく寝た子供も起きちまうしね。明るくなってからようやく静かになったもんだから、こっちは眠くてたまらないよ」

声を潜《ひそ》めて笑太郎の部屋を振り返る。

「もしかしたらお力になれるかもしれません。笑太郎さんが、落ち着いて静かに暮らすようにできるかもしれないんです」

「何だって？　どうやるんだい？」

　母親が目を丸くした。

「あの部屋で前に暮らしていた、お島さんのことを聞かせていただけないでしょうか？」

「ああ、やっぱりお島が成仏《じょうぶつ》できてないんだね。お島は気の毒な人だったからねえ」

　母親がため息をついた。

「気の毒とは、どういうことですか？」

「お島は男を知らないんだよ」

　明け透けな言葉に、お奈津は目を丸くした。

「……それって、気の毒なことなんですか？」

「そりゃそうさ。あの齢にもなって、それにそこそこの器量良しで、男との惚れた腫れたに一切興味がないだなんて、なんとも気の毒な話だろう？」

　お島自身が興味がないと言っているのだから、気の毒というのとは違うのではないか。お奈津はそう感じたが、余計な口を出さずに頷く。

「お嬢ちゃん、女の喜びってのは、惚れた男と所帯を持つことだよ。覚えておきな」

母親は疲れた顔で、語気を強めた。

「え、えっと。そうですね。はい、わかりました」

そう答える以外にない。

「お島には、幾度も忠言したんだけれどねえ。良かれと思って見合いの話も持って行ったよ。けど、のらりくらりとかわされて、一度は『もう私の暮らしのことは放っておいてよ。私には男よりずっと楽しいことがあるの』なんて、すごい剣幕で怒鳴って追い返されたさ。あれはよほど決まりが悪かったんだろうね」

同じくらいの年頃ではあるが、まったく別の暮らしを選び取り、いちいち話が嚙み合っていない二人の女の姿が目に浮かんだ。

「お島さんの『男よりずっと楽しいこと』って何だったんでしょう?」

種拾いとしてはもちろん、年頃の娘として気になった。

お奈津にとっては、見ず知らずの男との縁に身を任せる心構えよりも、ひとりで生きる女の楽しみのほうがずっと興味深い。

「ああ、芝居さ。お島はとんでもなく芝居が好きでねえ。ここに越してきたのも、毎日のように芝居見物に行くためだったのさ。同じ芝居を、幾度も幾度も安い席で通い詰めて。いったい何が楽しいのかわかりゃしなかったねえ」

「お芝居ですか」

　笑太郎の周りに集《つど》う、あの若い娘たちの姿がちらりと頭に浮かぶ。

　だがお島は芝居見物を『男よりずっと楽しいこと』と言い表している。

「何でも同じ芝居でも初日と楽日《らくび》は、何から何までまったく違うらしいよ。お島は芝居について喋り始めると熱くなっていつまでも止まらないんだ。こっちは芝居なんて少しも興味ないからね。まったくうんざりしたよ」

　母親が背中の赤ん坊のために身体を揺すりながら、遠くを見る目をした。

「でもこんなふうに、ふいにぷつりといなくなっちまうと、寂しいよねえ。前の日だって、明日はこうこうこんな芝居に行くんだ、見どころはこの役者のこんな場面で、なんていつもの早口で喋っていたんだよ。この子が泣いたから途中で切り上げちまったんだけどね。あれが最後になるなら、もっとちゃんと聞いてあげりゃよかったよ」

　母親の目に涙が浮かんだ。

八

予定していた供養は、笑太郎の部屋で昼前に行われた。

月海と直吉、そしてお奈津に笑太郎の四人が揃う。

「前の長屋に戻るのは、絶対に嫌だよ。俺はここで何の不便もねえさ。いつもじゅうぶん楽しく暮らさせてもらっているよ」

近所の人が言ったとおり、つい先ほどまで見知らぬ女がここにいたようで、部屋の中には酒と白粉の匂いが残っていた。

「それじゃあ、寄席ではいかがですか？」

お奈津が訊くと笑太郎はふつりと黙った。

「やはり客席に幽霊が視えてしまっているんですね。笑之輔師匠からお話は伺いました。このままというわけにはいきませんよ」

お奈津が言うと、笑太郎は決まり悪そうに俯《うつむ》いた。

「あれが幽霊……なのかねえ？　俺はちっとも怖くねえや。もしそうだとしても、ご住職にしっかりご供養をしてもらえたら、もうそれでいいんじゃねえかい？　俺は、この部屋が都合がいいんだ」

　笑太郎は膝《ひざ》を揺らして落ち着かない。

「つまり、もう寄席には行きたくないということですか？」

　直吉が静かに訊いた。

「へっ？　い、いや。そんなことはねえさ。俺は噺家だよ。噺家が寄席に行くのを嫌がって部屋に籠《こも》ってちゃ、もうそりゃ何のための噺家なんだか……」

　言いながらどんどん声に力がなくなる。

「笑太郎さん、ご供養の前に、この部屋で亡くなったお島さんの人となりを聞いてください。このお奈津が近所の人から話を聞いてきました」

「ちっとも気が進まねえよ。けどご供養には大事だってんなら、もうそれでいいよ。手早く話しておくれ」

　笑太郎はあちこちに目を向ける。

　少しもこの場に身が入っていないようだ。

「わかりました。それでは」

　お奈津はまずはお島の齢と生まれ、そして仕事についてを、直吉から聞いたままに帳面を開いて読み上げた。

「そうか、そんなに若いうちにいきなり逝《い》っちまったのか。そりゃまったく、お気の毒な話だね」

笑太郎の答えはおざなりだ。

「お島さんの日々の楽しみは、芝居見物でした」

笑太郎の顔つきが変わった。

「芝居見物だって？　それじゃあ、俺のことを芸人だってだけで追っかけ回す、あの女たちみてえな……」

「いいえ、それは違います。お島さんにとっては、芝居はもっともっと切実に大事なものでした。周囲の人に見合いを勧められても『私は男よりずっと楽しいことがあるの』なんて言って撥《は》ね除《の》けていたんですよ」

きっぱり首を横に振った。

「いつも、この芝居のこんなところが好きだ、この役者のこういう場面が見どころだ、ってご近所さんに熱く語っていたそうです」

「へえ。『男よりずっと楽しいこと』か……」

笑太郎がお奈津の言葉の意味を考えるように、ぼんやりと虚空《こくう》を見た。

「だからきっと、お島さんは同じように舞台に立つ笑太郎さんのことが気になって、寄席に見物にいらしていたんですね。さあ、お島さんの人となりがわかったところで、月海さんにご供養をしていただきましょう」

きっとこれで、お島の幽霊が現れてくれるはずだ。

「……お、おう。わかったよ。みんな、ありがとうな」

笑太郎がどこか心ここにあらずの調子で、お奈津に礼を言った。

「それでは、お経《きょう》を上げさせていただきます」

月海が前に進み出た。

線香の煙が部屋に立ち込める。

皆で手を合わせた。

「さあ、それではお別れです。お島さん、どうぞ成仏なさってください」

月海が線香の煙に向かって深々と頭を下げた。

顔を上げる。

首を傾げた。

困惑した顔でお奈津を振り返った。

「……私、何も視えていません」

小さな声で言った。

部屋の中には線香の煙がぼんやりと漂っているだけだ。

「ええっと、それでは笑太郎さんは？」

月海が気を取り直したように訊く。

「俺が何だって？　いったい何の話だったっけかい？」

笑太郎は少しも話が読めない顔だ。

「笑太郎さんには、成仏するお島さんの姿が視えませんか？」

お奈津は適当にあちこちを指さした。

「何も視えやしねえよ。線香の煙だけさ」

笑太郎が首を横に振った。

「つまり、ご供養は失敗だった、ってわけか？」

「そ、そんな！　ご供養に失敗、というものはありません！　きっと、きっとそのはずです！　もしかしたら場所を間違えたのでしょうか？　直吉、寄席に向かったほうがよかったかね？」

月海が焦った様子で直吉に目を向けた。

「俺にはわからない。どちらにしても何も視えない」

皆が黙り込んだ。

「もしもお島が成仏できるなら、そのときは最後に姿を見せてくれるはずなんだな？　お島の幽霊に別れを言うことができるんだな？」

笑太郎がゆっくり皆を見回して確かめた。

「はい、今まではそうやって上手くいっていました」

お奈津は頷いた。

「わかった。それじゃあ一月《ひとつき》くれよ」

笑太郎が膝をぴしゃりと叩いた。

「頼むからあと一月、この部屋に住まわせてくれ。師匠には、あんたたちから上手く言ってくんな。今、笑太郎に引っ越しをさせたら、師匠にまで祟《たた》りが及ぶ、なんて適当に脅《おど》かしてな」

にやりと笑う。

「一月、ですか？」

お奈津は困惑して直吉の顔を見た。

「わかりました。夏が終わるまでですね。今日の顛末《てんまつ》はこちらから笑之輔師匠にお伝えします。一月ほど様子を見るだけということでしたら、師匠も受け入れてくれるに違いありません。ですがひとつだけ約束してください」

直吉が背筋を伸ばして、笑太郎に目を向けた。

「一月後に何も変わらなければ、問答無用で私の祖母を呼びます」

「あんたのところの婆さんを呼ぶって？　そりゃ、構わねえけど……」

不思議そうな顔だ。

「祖母はとても荒っぽい人です。笑太郎さんのためにも、そしてお島さんのためにも、できれば私は祖母の助けを求めたくはありません。この一月で、どうかお島さんが成仏してくれることを願います」

お奈津の胸に、おテルの顔が浮かぶ。

そこそこ口は悪く意地も悪いが、〝荒っぽい〟なんて物騒《ぶっそう》な言葉は似合わない人に見えたが。

「おう、わかったさ。任せてくんな」

笑太郎は両手を強く擦り合わせて、下唇を舐めた。

九

皆が帰ってから、笑太郎はひとり框《かまち》に腰掛けて土間を見つめた。

「あんた、そんなに芝居が好きだったんだな」

框から立ち上がる。そこから引き戸までのほんの一歩。

足を止めた。

ばたん。

その場で蛙《かえる》のような格好をして、土間にひっくり返ってみた。

じっと食い入るように天井《てんじょう》を見つめる。

お島という女は、ここでこんなふうにして短い命を終えたのだ。

もしも俺だったら、こうして身体が動かなくなって目の前が暗くなっていくそのときに、どんなことを思うんだろう。

――もっと観たかったたな。

ふいにそんな言葉が胸に浮かんだ。

――もっとたくさんの芝居を。もっと胸の躍《おど》るものを。もっと楽しいときを。

そうか。そうだよな。

笑太郎は小さく笑った。

俺もそうさ。俺だって同じことを思って、噺家になろうと決めたんだ。

この憂き世はつまんねえことばかりさ。仕事を見つけて、所帯を持って、女房子供を養っていくまともな暮らしなんて糞喰《くそく》らえだ。

俺は笑之輔師匠の下らねえ小噺に、心底惚れ込んじまったんだ。俺の人生にはこれしかないって思ったのさ。

「おい、あんた、頼むよ。ここでも姿を見せておくれよ」

身体を起こして声を掛ける。

部屋は静まり返って何もない。

「駄目か。あんたは寄席に俺の噺を聞きに来て、あの白けた冷てえ、つまんねえ顔をしているだけか」

ため息をついた。

「けどわかるぜ。ほんとうはそこにいるんだろう？　俺の話が聞こえているんだろう？」

虚空を睨み付けた。

「俺は、臆病者さ。何もかもをかなぐり捨てて心底芸に没頭するのが怖くてたまらねえから、ずっと女遊びに逃げていたんだ」

眉間《みけん》に深い皺《しわ》を寄せた。

「けど俺は夏の終わりの高座で、必ずあんたを喜ばせてみせるぜ。さんざん菊五郎《きくごろう》やら團十郎《だんじゅうろう》やらの名芝居を見尽くして目が肥えたあんたが、心から楽しんでくれる噺をやるぜ」

腹の底から声を出す。

「だからこの一月、俺のことを見守っていてくんな。俺をいっぱしの噺家にしてくれよ。そしたら高座に上がったときに――」

笑太郎は不敵な笑みを浮かべると、鼻の先を親指でぐっと拭った。

十

「わっ、こんなに暑い日に、こんなにたくさんの人が押し寄せるなんて！」

寄席に集まる満員の客の人いきれに、お奈津は目を丸くした。

夏の終わりの、うだるように暑い夕暮れだ。

四方の障子を開け放っていても、客席は人の熱気が籠っている。

「怪談、楽しみですねえ。私はこういう類《たぐい》の恐ろしいものが大の苦手なんですよ。今からどんなふうに大仰《おおぎょう》に驚こうかと、楽しみでたまりませんねえ」

月海が額に大汗をかいて頬を赤くして、薄暗い客席を見回す。

浴衣《ゆかた》姿でいかにも夏らしく装った客たちは皆、団扇を手に、胸の高鳴りを隠し切れない興奮した顔をしている。

特に多いのは若い女たちだ。

月海と同じように、どんなふうに悲鳴を上げて大騒ぎしてやろうかと待ち構えているような輝く目をしていた。

ひと際賑やかな声に、いちばん後ろの席を振り返ると、着飾った富岡八幡の不良娘たちの一団だ。

「あ、あの娘、この間の種拾いよ」

「笑太郎の舞台、観に来たのね。どんな記事になるのか楽しみねえ」

数名の娘がお奈津に気付いて手を振った。

輪の中で、紫の玉簪の女が引き攣《つ》った顔をする。

お奈津は慌てて首を横に振って、素知らぬ顔で皆に目礼をした。

「直吉さんは怪談、怖くないんですか？」

舞台に向き直ったお奈津が隣の席の直吉に訊くと、何も聞こえなかったようにぷいとそっぽを向いた。

「そうですよね。幽霊長屋の家守が、怪談を怖がっているわけにはいきませんよね」

「お奈津さん、ちょっと、ちょっと」

反対側の隣に座った月海が、嬉しそうに耳打ちをする。

「直吉はね、あれでずいぶんと怖がりなんですよ。直吉が十で私が十二の頃、直吉のおとっつぁんに見世物小屋のお化け屋敷に連れて行ってもらったことがありましてね。あれから直吉は、半年もおっかさんなしではひとりで厠《かわや》に行けなくなってしまったんですから」

「まあ、ほんとうですか！」

今の直吉からは想像もできない、可愛らしい子供時代の話だ。

くくっと笑って、ふと思う。

十の頃の直吉には、子供を見世物小屋に連れて行ってくれるような優しい〝おとっつぁん〟、厠に付き添ってくれる〝おっかさん〟がいたのだ。その人たちはいったい今どこに――。

「月海、やめてくれ。こいつの前で、余計なことを喋るな」

直吉がむっとした顔をした。

「始まるぞ」

客の声に慌てて舞台に目を向けた。

下働きの若者が、暗い舞台に蠟燭を灯した。

ひゅーどろどろ、と不穏な鳴り物と共に、笑太郎が現れた。

ご機嫌伺いをするようにへらへら笑っているが、顔つきに憂《うれ》いがある。

正座をして、客席に向かって深々と頭を下げた。

顔を上げてすぐに、寒気でも感じたように身をぶるりと震わせた。

「実はこんな話がございましてね。今でもわたくし、目にしたものが信じられません。すごく妙な出来事なんですよ」

まるで妙齢《みようれい》の女のような、柔らかい口調だ。鼻っ柱が強そうな笑太郎の外見に少しも似合っていないからこそ、気味が悪い。

客席があっという間に笑太郎の怪談噺に引き込まれていく。

「その日もいつものように、贔屓《ひいき》の芝居に出かけようと、楽しくおめかしをしておりましたの」

手鏡を手に紅を差す仕草。

たおやかな手付きに皆が息を吞む。

「見事なもんだ。ほんものの女にしか見えねえぞ」

「笑太郎って奴は、とんでもねえ女たらしだって話だからねえ」

近くから漏《も》れ聞こえてくる客の声。

笑太郎は、己の帯に触れ、うなじに手を当てて、身支度《みじたく》を整える。

女が出かけようとしたまさにそのとき、表ではカラスが不吉な声で鳴いたという。

いきなり笑太郎がばたんと横に倒れた。

「ひっ！」

と悲鳴がそこかしこから漏れる。

「あっ、と思ったときにはもう身体が動かなくなっておりました」

倒れたまま笑太郎は続ける。

目の前に広がる光景を語る。

遠い天井。

冷たい土間。

同じ長屋の赤ん坊が泣く声。

薄れていく意識。家族の顔。心残りの舞台。

「わたくし、わかったんです。ああ、そうなんだ、って。わたくし、わたくし、死んじまったんですよ!!」

　笑太郎が急に目をかっ開いて、野太い男の声で喚《わめ》いた。

　ほんの刹那で髪は乱れて、目は血走り、紅で染めた真っ赤な舌。客席に向かって摑《つか》みかからんばかりに身を乗り出す。

「いやあ！」

「きゃー！」

「やめて！」

　客席じゅうに悲鳴が響き渡った。

　腰を抜かして後ろにひっくり返る者。

　泣き出す女。

「おいっ！　なんだよ！　やめろよ！」

　なぜか怒鳴り出す男たち。

　寄席は滅茶苦茶《めちゃくちゃ》な大賑わいだ。

「……とまあ、ここんところは、最近知り合いから聞いた小噺さ。今日は、あんたたちもよく知っている古いあの怪談噺を、ゆっくり楽しんでもらうよ」

　笑太郎が髪を撫《な》でつけて、照れくさそうに笑った。

「待ってました！」

温まり切った客席から野次が飛ぶ。

「おっと、そうだ。その前にちょいと悪いね」

笑太郎がわざとらしいほどはっきりと、己の鼻先を親指で拭った。

人差し指で客席の隅をまっすぐ指さす。

客が一斉にそちらを向いた。

「……あっ！」

一人の女が薄っすらと微笑《ほほえ》んでいた。

小粋《こいき》な藍色《あいいろ》の鮫肌小紋《さめはだこもん》の浴衣でお洒落《しゃれ》をして、しっかり襟元を詰めて着付けている。

手元には帳面と小筆。

女は皆が己を見ていると少しも気付いていない顔で帳面に何事か走り書きすると、瞬《まばた》きひとつしない真剣な目で舞台を見上げた。

いかにも真面目で芯が強くて、ひとつのことに熱中しそうな女だった。

「視えますよね？　もしかしてあの人が……」

お奈津は直吉を、次に月海の顔を見た。

「視えますとも」

月海が頷く。

「誰もいないぞ」

直吉が仏頂面《ぶっちょうづら》で言った。

「やっぱり、やっぱり、あの人がお島さんなんですね！」

後ろのほうで、盛大な舌打ちの音が響いた。

「なーんだ。やっぱり女がいたのね」

「笑太郎が一月も行方《ゆくえ》不明になるなんて、おかしいと思ったのよ」

「ちょっと、泣くんじゃないわよ。あんな奴に泣かされてどうするのよ」

「泣いちゃいないわよ。腹が立っているだけよ。なんだって、あんな地味な女と……」

「芸人なんてのはこんなもんよ。結局は己の芸に尽くしてくれそうな女を選ぶのよ」

ひそひそ声で、なんとも憎たらしい声のお喋りが聞こえてくる。

「しっ、続きが始まるわ」

笑太郎が身を正して客席を見回した。

「昔々、四ッ谷左門殿町《よつやさもんどのちょう》に御先手組《おさきてぐみ》の同心を務めている田宮又左衛門《たみやまたざえもん》って男がおりまして、その男、娘のお岩《いわ》を嫁に出そうと……」

「ややっ！　これは四谷怪談ですね！　ああ怖い、怖い」

月海が嬉しそうな声を上げて身震《みぶる》いした。

客席に、これからじっくり怪談噺を楽しんでやるぞという気配が漂う。

いつの間にか後ろの席の若い娘たちも静まり返っていた。

皆が笑太郎の噺に熱中している。

笑太郎の喋りは少しも危なっかしいところがない。滔々《とうとう》と流れるように心地よく、ときにここが寄席だと思い出させるような笑いを交えながらも、皆が震え上がるような影を落とす。

「伊右衛門《いえもん》、伊右衛門、伊右衛門や」

恨みに燃えるお岩の声を模した笑太郎が、さりげなく目頭の涙を拭いた。

お奈津はこっそり後ろを振り返った。

あの席にはもう誰もいなかった。

第四章

猫の一座

一

秋の青空が広がる。

ほんの十日ほど前までうだるような暑さにげんなりしていたのに、今は乾いた涼しい風が心地よい。

今が一年でいちばん過ごしやすく、身体《からだ》が軽く感じられる時季だ。

種拾いのための張り込み仕事もぐんとやりやすく、記事を書く筆も面白いくらいよく進む。

「お奈津《なつ》、でかしたぞ。いい記事だ。これはとんでもねえ評判になるぜ」

金造《きんぞう》が刷《す》り上がったばかりの読売《よみうり》を手に、鼻歌でも歌い出しそうな顔をした。

「ほんとうですか？」

「ああ、もちろんよ。俺は嘘が大嫌いさ。この記事を読んで、俺も奥山《おくやま》で〝猫の一座〟ってやつを、ぜひともこの目で見なくちゃいけねえ気分になったさ」

「ぜひ、ご覧になってください！　猫たちが、ほんとうに素晴らしい芸を見せるんです。私、初めてあの芸を目にしたそのときに、すっかり心を奪われてしまいました。あんなに面白いものはこの世にありません！」

金造にこんなに褒《ほ》められるのは初めてのことだ。頰《ほお》が緩《ゆる》む。

浅草寺《せんそうじ》の奥山ではたくさんの参拝客を相手に、力自慢や軽業《かるわざ》、居抜きなど、珍しい芸を見せて金を取る見世物が国じゅうから集まっている。

人が集まるところには、きっと面白そうな事件も集まるに違いない。

そんなつもりで奥山の人込みを流して歩いていたある日、お奈津は奇妙な一座を見つけたのだ。

十匹ばかりの猫に赤や紫や金色の色鮮やかなちゃんちゃんこを着せて、飼い主の女が弾く三味線《しゃみせん》に合わせて踊らせるという芸だ。

音が鳴れば動くように躾《しつ》けてまるで踊っているかのように見せる芸は、猿回しでも見たことがあった。

だがこの猫の一座が面白いところは、猫たちがまるで人の踊りのようにきちんと歌の拍子《ひょうし》を取っているということだ。

律《りつ》に合わせてこくりこくりと首を縦に振る。三味線の撥《ばち》が間を取れば、猫たちは揃《そろ》ってぴたりと動きを止めた。

真剣な顔で音色《ねいろ》を追いかける猫たちがなんとも可愛《かわい》らしくて、皆が手を打って喜んだ。

夢見心地で芸を見物したお奈津はその日のうちに、〝猫の一座〟の魅力を紹介する長い記事を書き上げて金造のところへ持ち込んだのだ。

「この三味線を弾いているお安《やす》、って女は相当な変わり者だな。猫の言葉を自在に喋《しゃべ》っているって？　いいねえ、奥山で評判になろうってんならそのくらい奇妙でなくちゃ面白くねえや」

金造がにやりと笑う。

「そうなんです！　そのお安さんが、一言『にゃごっ！』と言うと、猫たちがみんな一列に並ぶんですよ。それで今度は『にゃうにゃうにゃー』って……あ、間違えました。この帳面によると『にゃうにゃうにゃごーん』ですね。そう言うと、皆で揃って大八車《だいはちぐるま》に飛び乗るんです」

お奈津は、胸元に差したぼろぼろの帳面を見返しながら言った。

「そのお安って女は年の頃四十くらいって話だな。年増《としま》には違いねえが年寄りには程遠い。それなのにわざわざ〝稀代《きだい》の別嬪《べっぴん》〟って書かなかった……ってことは、そうとうな醜女《しこめ》か？」

記事にする女が並みの見た目ならば、必ず華々しく〝稀代の別嬪〟と書け、というのは金造に常日頃から叩き込まれている教えだ。

〝別嬪〟という言葉で読売の客の目を惹《ひ》くため、というのももちろんある。だがそれ以上に、これは記事に書かれた本人のためだという。

実在の人物を名指ししてどれほどの醜聞《しゅうぶん》を暴いたとしても、さらに面白おかしく適当な絵空事をくっつけたとしても、〝稀代の別嬪〟としっかり書き表しておけば、女は必ず立ち直ることができる。

――どんな悪女のことを書くときでも、読売に滅茶苦茶《めちゃくちゃ》を書かれたせいで気を病んでおっ死《ち》んだ、なんてことにだけはしちゃいけねえからな。記事を書かせてもらった代わりに、華を持たせてやるのが礼儀ってもんよ。

金造はそんなことを嘯《うそぶ》いて、いつも顔も知らない女を〝稀代の別嬪〟と褒めそやす。

「いいえ、決して不器量な人ってわけじゃありませんよ。ですが、なんだかそういうこの世の美醜《びしゅう》を超えたところにいるというか、不思議な感じなんです」

お奈津は首を横に振った。

「へえ、それだけじゃ、どんな女だかさっぱりわからねえな。やっぱり一度この目で見に行くとするかね」

金造が腰を上げた。

「今日これからですか？　それでは早速、ご案内しますよ！」

お奈津は華やいだ声を出した。

「ずいぶんと嬉しそうだな」

「ええ、そりゃ嬉しいですよ。だって、あの素敵な猫たちの踊りをまた見ることができるんですから」

お奈津は両手を前で組んで目を輝かせた。

「里の婆さまがとんでもない猫好きだったんです。婆さまにこの芸を見せてあげたら泣いて喜ぶだろうなあ、なんて思いながら可愛い猫たちを見守っていると、日々の疲れがすっかり消えるような心地がします」

「相変わらず、赤ん坊みてえなこと言っていやがるな」

金造が少々意地悪い顔をした。

「俺が気になるのはそのお安って女のほうさ。きっと何か妙なもんを背負っている身に違いねえからな」

「お安さんのほうですか……？」

声が強張《こわば》った。

見世物の芸人たちの中には、己の芸ひとつで国じゅうを回っているような者が多い。自《おの》ずとひとつところで暮らすわけにはいかない、訳ありの者もいるに違いない。

それはお奈津だって最初からわかっていたことだ。

「どうぞお手柔らかにお願いいたします。万が一にでもあの猫たちが行き場を失くすなんてことになったら、みんなまとめて、金造親方のこのお部屋で引き取っていただきますからね」

お奈津は眉を顰《ひそ》めた。

もしかして私は余計なことを始めてしまったのでは、という不安に、胸に黒いものが広がる。

「おっと、そうか。猫がいたのか。こりゃやりにくいな」

金造が額《ひたい》をぴしゃりと叩いて心底困った顔をした。

二

金造と二人、浅草寺奥山の人だかりを掻《か》き分けてどんどん進むと、特に人気の見世物が行われる奥まったところで、ひと際《きわ》激しい三味線の音色が聞こえてきた。

人のどよめき。手を打ち鳴らす音。

二重、三重の人の輪ができていて、小柄なお奈津には輪の真ん中の見世物は少しも見えない。

「ええっ！　こんなにたくさんの人がいるなんて思いませんでした。前に来たときも、そこそこの人気はありましたがここまでとは……」

お奈津は目を白黒させて金造を振り返った。

「そうかい、そうかい。種拾いってのはやめられねえ仕事だろう？」

金造のしたり顔に、はっと気付く。

ここにいる皆は、昨日刷り上がったばかりの読売の記事を目にして、早速ここへ飛んできたのだ。

私の書いた記事ひとつで、こんなにたくさんの人が動くなんて。

お奈津は夢見心地の気分で、黒山の人だかりを見上げた。

「にゃおーん！」

いかにも人が猫の鳴き真似《まね》をしているような、少々間が抜けた声が響き渡った。

人のどよめきが一層盛り上がる。

「宙返《ちゅうがえ》りをしたぞ！」

「えっ？　えっ？　宙返りですって？」

お奈津はどうにかこうにか人の隙間《すきま》から目を凝《こ》らす。

前の人たちの頭の間から、艶《つや》やかな毛並みの三毛猫がぽーんと飛ぶのが見えた。

まん丸の毛玉となってぐるぐる回った三毛猫は、すたっと小気味よい音を立てて見事に着地すると、軽業師そのものの得意気な目をして客を見回した。

「にゃごごごーん！」

「今度は、肩車だ！」

「猫の肩車ですって？　嘘、そんなことできるはずないわ！」

再び人の間を縫《ぬ》うようにして覗《のぞ》き込む。

ひと際大きな黒猫の背で、二匹の小柄な白猫が逆立《さかだ》ちをしている。

三匹の猫たちは、まるで獲物《えもの》を狙うかのような張り詰めた顔つきだ。

だがそんな顔つきで真面目《まじめ》に芸をしているというのに、三味線の音に合わせて、三匹の尾が一斉に左右に揺れるのがなんとも剽軽《ひょうきん》だ。

三匹が目立つ芸をしているとき、残りの猫たちは一列に並んで、音色に合わせてまるで酔っぱらいのように気ままな振り付けで踊っている。

「なんだこりゃ！　こんな芸、今までどこにもないぞ！」

客たちが次々に銭を放る音が聞こえ、皆、満足気な顔で踵《きびす》を返す。

「金造親方、見られましたか？　すごかったですね！」

横を見ると一緒にいたはずの金造の姿はない。

おやっと思って周囲を見回す。

「あっ！　あんなところに」

遠くの松の木の途中にしがみ付いた金造を見つけた。まるで猿のように前かがみに身構えて、真剣な面持《おもも》ちで下に広がる光景に目を凝らしている。

周囲の皆は、金造が木の上に潜《ひそ》んでいることには、誰も気付いていない。

長年の種拾いで培《つちか》ったさすがの軽業だ。

驚き呆《あき》れつつ、人の流れに逆らってお安と猫たちのところへ向かった。

「こんにちは！」

猫たちのちゃんちゃんこを脱がせてやっているお安に声を掛けた。

「ああ、種拾いのあんたかい。見てのとおりのお陰さまだよ。あんたには礼を言わなくちゃいけないね」

お安が腰に括《くく》った巾着袋《きんちゃくぶくろ》をお奈津に示してみせた。巾着袋は、客の投げ銭ではち切れんばかりに膨らんでいた。

お安はまん丸い顔に、ぎょっとするほど大きな目をしている。鼻は小さく唇《くちびる》は薄く、口の端が上がっている。別嬪でも醜女でもない。これは猫の顔だ。

「ほんとうに素晴らしい芸でした。皆に広めたくなるのは当たり前ですよ」

「読売ってのはすごいもんなんだね。客の数は普段の十倍じゃ利《き》かないよ。これがいつまで続くかは知らないけれどね。稼げるうちにたんまりと稼がせてもらうさ」

「この〝猫の一座〟の芸は、決して他に類を見ない芸です。ひとときの流行で終わってしまうなんてことはないと思います」

お奈津は力を籠《こ》めて言った。

「他に類を見ないだって？　そりゃそうだ。猫たちにこんなふうに芸を仕込むことができるのは、この世で私だけさ」

お安が胸を張った。

ふいに背中でぽつんと音がした。

足元に小枝が落ちている。

振り返ると、松の木の上で金造が大きく頷《うなず》いていた。

さあ、話を聞き出せ、と言っているに違いない。

ここから松の木の上までずいぶん離れているが、よほどの地獄耳だ。

「ところでお安さんって、いったいどうして……」

意を決してわざと何気ない口調を装ったそのとき、ひと際丸々太った大きな縞猫《しまねこ》が「ふんっ」と鼻を鳴らしていきなり駆け出した。

「あっ！　丸々《まるまる》や！」

お安が驚いた声を上げた。

「たいへん！　戻ってきてちょうだい」

慌《あわ》てて丸々と呼ばれた猫を追いかけた。

お奈津が変なときに声を掛けたせいで、万が一にでもあの賢そうな猫がいなくなってしまったら大ごとだ。

幾度《いくど》も転びそうになりながら一目散《いちもくさん》に走ったが、猫のすばしっこい足取りに追い付けるはずがない。

あっという間に見失ってしまい、頭が真っ白な心持ちになったところで、見たことのある顔がこちらへ向かってくるのがわかった。

「直吉《なおきち》さんー！」

安堵《あんど》のあまり涙が出そうになった。

人の波の中から現れた直吉の腕には、先ほど見失った丸々がしっかりと抱かれていた。

「よかった、見世物の猫が逃げてしまって追いかけていたんです」

「種拾いさん、丸々は逃げたわけじゃないよ」

背後からお安の声が聞こえた。

「にゃうにゃ？」

お安が猫の声で聞くと、丸々は「ん！」と応じる。

「そうかい、こちらがその人ってことだね。お兄さん、あんた家守《やもり》をやっていらっしゃるそうだね。下谷《したや》の三ノ輪町《みのわちょう》にある、日当たりがよくて広い襤褸《ぼろ》小屋。猫たちがそこを気に入ったみたいだ。ぜひそこに住まわせてもらえないかい？」

「そ、それ、今の『ん！』一言で丸々から聞いたんですか？」

呆気《あっけ》に取られてお安を、次に直吉を見る。

直吉はお奈津に目もくれない。

「三ノ輪町の家、確かに心当たりがあります。猫たちと暮らすには心地よいところでしょう」

直吉が淡々と頷いた。

「ですがひとつ、お知らせしなくちゃいけないことがあります。あの家では人が死んでいるんです」

「屋根のあるところで人が死ぬのは当たり前さ。亡くなったのはどんな人だい？」

丸々が直吉の腕から飛び降りた。お安の身体をよじ登って肩に乗る。

「八助《はちすけ》という若い男です。酒癖の悪い男だったそうです。酔客《すいきやく》と喧嘩《けんか》して顔を腫《は》らして帰り、晩に床《とこ》についたまま目覚めることはなかったようです」

「やんちゃ小僧のまんま大人になって、ついには仏になっちまった、ってわけだ。私はそういうお馬鹿な若者ってのは嫌いじゃないよ。ねえ、丸々」

丸々がお安に頰ずりをした。

「その家で暮らすことに何も問題はないさ」

「わかりました。それでは、近々ご案内をいたしましょう」

「なるべく早くに頼むよ。この一座は、雨が降ると必ず誰かが風邪《かぜ》をひくって決まりだからね」

「野宿をされているんですか？」

お奈津は驚いて訊《き》いた。女の身で野宿なんて。

「ああ、そうだよ。ずっと野宿暮らしさ。この猫たちを連れて宿には泊まれないだろう？　十匹と一人で交代で夜通し見張りをしているもんだから、危ない目に遭《あ》ったことは一度もないけれどね。あんたのお陰で当分ここで稼がせてもらうことになりそうだから、家があるのは何より有難《ありがた》いよ」

お安が何でもないことのように言った。

「そういうことでしたら急ぎましょう。今日これからすぐに引っ越していただけるように手配いたします」

直吉が頷いた。

「わ、私、お引っ越しのお手伝いをします！」

背中に金造の目を感じた。

「手伝いだって？　荷物なら俺が運ぶ」

直吉が明らかに面倒くさそうな顔をした。

「他にも家のお掃除《そうじ》だとか、いろいろやることがありますよね？　引っ越しの人手ってのは多ければ多いほどいいって、聞いたことがありますもの」

口から出まかせを言いながら、お安に愛想《あいそ》よく笑みを見せた。

「有難いね。ぜひともお願いするよ」

お安が頷いた。

丸々がお安の耳元で「にゃあ」と鳴いた。

お安も同じ調子で「にゃあ」と返した。

三

「俺に付きまとうなと言っただろう」

野宿の隠れ家に戻って荷物をまとめるというお安と猫たちと別れて、直吉と二人、千駄ヶ谷《せんだがや》へ向かう道を歩く。

「付きまとってなんかいません。お安さんと知り合ったのは私が先ですよ。お知り合いのお引っ越しを手伝うのはいたってまっとうなことです」

力こぶを作ってみせる。

「松の木の上からお前に指示を出していた、あの猿親爺《さるおやじ》はお前の親方か？」

「気付いていたんですか？」

仰天《ぎょうてん》した。

「当たり前だ。お前たち、いったい何を企《たくら》んでいるんだ？」

「企む、なんて人聞きの悪いことを言わないでくださいな。私たちは、今お江戸で大評判の見世物〝猫の一座〟を率いる、お安さんの人となりを皆に知ってもらう楽しい記事を書こうと思っているだけです」

「その大評判を仕組んだのは、お前たちだろう？」

「仕組んだ、ではなく手がけた、と言ってください」

膨れっ面《つら》を浮かべた。

「面白半分に人の暮らしを掻き回すようなことをするのはやめろ。お安のように、この憂《う》き世《よ》に居場所の少ない者ならなおさらだ」

直吉が厳しい顔をした。

「これまでずっと雨風凌《しの》げる家さえもなかったような人が、その見世物が評判になってお引っ越しできるようになったのはよいことですよ。私は、お安さんの暮らしを掻き回したなんて思いません」

お奈津はわざと、とぼけた顔をしてみせた。

「ほんとうにそうならば〝猫の一座〟を追いかけるのはここまでだ。お安を調べてその秘密を暴き立てるのはやめろ」

「秘密、ですって？　そんな物騒《ぶっそう》な……」

背筋を冷たい汗が伝う。

「とぼけるな。あの親方はもちろん、お前だってわかっているんだろう？　どうしてお安があんなふうに猫と話せるようになったのか、それにはきっと明るく楽しい笑い話ではないものが隠れているってな」

「……どうでしょうね」

お奈津は肩を竦《すく》めた。

「私たちは、お安さんの辛い過去を暴き立てる記事を書きたいってわけじゃないんです。ただ、種拾いの性分で何かを背負った人を見ると、話を聞かずにはいられないだけです。後々、巡り巡ってそれが大きな事件の解決に繋《つな》がるときもあるんですよ」

「ならば俺の周りは、種拾いにとっては格好の餌場《えさば》ってわけだな。大往生《だいおうじょう》とはいえない死に方をした者、それに人が死んだ部屋で暮らすことになる者、どちらも詳《つまび》らかに暴き立てれば必ず膿《う》んだ傷口が見つかるはずだってな」

直吉が鋭《するど》い目をした。ただお奈津の浅はかな行いを責めているだけとは思えない、切実なものの宿った目だ。

「……そんなつもりじゃありません」

直吉のいつになく険しい様子に、思わず後ずさりしそうになった。

——もうやめてくれ。

空耳と紛《まが》うような、小さな声が聞こえたような気がした。

直吉はお奈津の胸の内を見透《みす》かすように、じっとこちらを見つめ続ける。

あまりにも居心《いごころ》が悪くて、お奈津は小さくため息をついた。

「わかりました、ごめんなさい。種拾いをしようと躍起《やっき》になっているところを人に見られる、ってのは恥ずかしいものですね」

肩を落とした。

「何がわかったんだ？」

「種拾いとしてお安さんに近付くのは諦めます。約束ですので、あくまでもお知り合いとしてお引っ越しを手伝うことはしますが」

「その二つはどう違う？」

「お安さんにきちんと打ち明けます。私は、お安さんの記事を書こうとしていたんだ、ってね。その上で、万が一にでも昔のことを話してもらえたなら、それを記事にするのは構いませんよね？」

せっかく面白そうな種だったってのに、つまらねえ記事を書きやがって、と文句を言う、金造のしかめっ面が目に浮かんだ。

「それはお安に訊くことだ」

直吉がぷいとそっぽを向いた。

四

十匹の猫とお安の引っ越しは、呆気ないほど早く済んだ。

お安の荷物は、中くらいの風呂敷《ふろしき》包みひとつに収まってしまった。猫たちが見世物を演じるときの色鮮やかなちゃんちゃんこが、いちばん嵩張《かさば》ったくらいだ。

三ノ輪町の家に放たれた猫たちは、まるでそれまでずっとこの家で暮らしていたかのように、思い思いの場所でのんびりくつろいだ様子を見せた。

お安は、割れた茶碗に水を注いで急ごしらえの神棚に置くと、「これからどうぞよろしくお願いいたしますよ」と両手を合わせて念仏を唱えた。

「鳥太郎《とりたろう》、ただいま。今日はお引っ越しを手伝ってきたのよ。古い家だったから、埃《ほこり》っぽくてごめんなさいね」

部屋に戻ったお奈津が己の着物をぽんと叩くと、くしゃみがひとつ出た。

鳥太郎が高い声で鳴きながら、暗がりから飛び出してくる。

「今日のご飯は煮売り屋のお芋よ。お手伝いのお礼に、ってお安さんが買ってくれたの。お安さん、ちょっと変わり者だけれど、とても優しくていい人だったわ」

甘辛く煮た芋の塩気が少ないところを選んで、鳥太郎にやる。

鳥太郎が「ちゅん」と鳴いた。

「お礼なんて言わなくていいのよ。こっちこそ、夕飯が遅くなっちゃってごめんなさいね」

ふっと笑う。

私だって当たり前のように鳥太郎と喋っているのだから、猫と話すお安を〝変わり者〟なんて言えない。

「今日、直吉さんに怒られちゃったの。人の暮らしを掻き回すようなことはやめろ、って。金造親方によい記事が書けたって褒められたその日だったから、なんだか気持ちが忙しかったわ」

お奈津は芋を口に運びつつ、鳥太郎に話しかけた。

疲れた身体に甘い味付けが染みる。

そういえば里の祖母は、幼いお奈津の口に合うようにと何にでも水飴《みずあめ》を入れて甘く煮付けてくれた。

私が抱えている昔のことは、貧しいながらも家族皆に可愛がられた、よい思い出ばかりだ。

けれどこの世には、辛い出来事を経て別人のように変わってしまった人がたくさんいる。

種拾いの仕事をしているうちに、頭ではわかっていたつもりだった。

だが直吉にあの目で見据《みす》えられたときに、自分はまだ世の中のことを何も知らない、と冷や水を浴びせられたような気持ちになった。

金造におだてられて浮かれていた心が、しゅんと萎《しお》れた。

「ねえ、鳥太郎。直吉さんって何があったのかしら？　どうして人が死んだ家ばかりを貸しているの？　それに、この間、月海《げっかい》さんが言っていた、直吉さんを大事にしてくれていたご両親って、今はどこにいるのかしら？」

鳥太郎が顔を上げた。

そんなの知らないよ、とでもいうように小刻みに首を傾《かし》げる。

「いいの、いいの、変なことを言ってごめんね」

直吉の目に宿った切実なもの。

あれこそが暴かれたくない辛い出来事を抱えた者の目だ。

お奈津の胸がちくりと痛んだ。

普段、必死で思い出さないようにしていたこと。種拾いを始めたばかりの頃の思い出が禍々《まがまが》しいまでに色鮮やかに蘇《よみがえ》った。

父親を賊《ぞく》に殺された十二の少年だった。

金造が、その殺された男は荒くれもののくせにずいぶんと子煩悩《こぼんのう》だったという噂を聞き付けた。どんな父親だったのかを聞き出してこい、と命じられた。

「はいっ！」と張り切って答えて、種拾いの仕事の右も左もわからないまま飛び出した。

残された息子は身体の大きな子で、おまけに相当なやんちゃ坊主《ぼうず》だった。

お奈津を見つけると話しかける前に泥団子や小石を投げてきて、べえっと舌を出す。いたいけな可愛らしい子供とはまるで違うその姿に、思わずお奈津は相手の齢《とし》を忘れてむきになった。

少年の跡をつけて、林の奥の小川でひとりで遊んでいるところにいきなり声を掛けた。

「ねえ、お願いよ。あんたのおとっつぁんのことを聞かせてちょうだいな。生きているとき、おとっつぁんはどんな人だった？　それを教えてもらえないと、私、親方のところに戻れないの」

こちらを向いた少年の目からは涙が、鼻からは洟水《はなみず》が溢《あふ》れていた。

少年は小川の水に顔を浸して、人知れず泣いていたのだ。

それに気付いたとき息が止まった。

やってしまったとわかった。

少年は何も言わずに、ただ憎しみに満ちた目でじっとお奈津を見つめた。

「ご、ごめんなさい」

思わず謝った。

「やっぱり、いいわ。お邪魔《じゃま》しました」

薄ら笑いを浮かべて、一目散にその場から逃げ去った。

なんて因果《いんが》なことをしてしまったのだろう、と、己のことが情けなくて涙が出た。

その泣き顔のまま金造親方のところへ行って、もうこの仕事を辞めさせてください、と言ったら「子供から種を拾う馬鹿《ばか》がいるか！」と雷を落とす勢いで怒鳴りつけられた。

だって、親方はどんな父親だったのかを聞き出してこい、って言ったじゃないですか。

泣きじゃくりながらそう反発したが、返ってきたのは説教好きの金造には珍しく、「馬鹿野郎！」と問答無用の怒鳴り声だけだった。

それからしばらくはあの少年の目が夢に出た。跳《は》ね起きたときに汗みどろになっているような恐ろしい悪夢だ。

どうにかしてあのときの失敗を乗り越えようと、今まで以上に遮二無二《しゃにむに》働いた。一人前の種拾いになれば、あんな小さな出来事、若き日の失敗として笑い飛ばせると信じた。

けれど今日の直吉の目に宿っていたものは、あのときの少年と同じものだった。忘れるはずがないあの目だ。

息が苦しい。

「直吉さんに言われたとおり、〝猫の一座〟からは手を引くわ。だってお安さんも猫たちも、今が幸せそうだもの。金造親方には、しばらくは種拾いを続けているふりをしておくつもりよ」

己に言い聞かせるように呟《つぶや》いた。

鳥太郎が「ちゅん」と鳴く。

それが正しいよ、と言ってもらえたような気がした。

「そうだ、ねえ、鳥太郎。今から私、お歌を歌うから好きに踊ってみてちょうだいな」

冗談半分で、里の子守唄を歌い出す。子守唄は踊りには向いていないなかったな、なんてすぐに思ってくすっと笑った。

鳥太郎はしばらく賢そうに目をしばたたかせていた。

「あっ」

鳥太郎がゆっくり左右に身体を揺らした。

まるで幼いお奈津を寝かし付けてくれたときの祖母を思い出すような、ゆったりとした動きだ。

と、すぐに今のは幻だったかのように羽を震わせた。

「もう一度、もう一度やってちょうだい」

お奈津が幾度頼んでも、知っている限りのわらべ歌を歌ってみせても、それから鳥太郎は素知らぬ顔をして芋をついばんでいた。

五

「ふう。喰《く》った喰った、たらふく喰ったねえ。腹がいっぱいで、雨風凌げる屋根がある。おまけにあの家守に引っ越し祝いに掻巻《かいまき》まで貰ったよ。極楽ってのはこのことさ。な、お前たち？」

煮売り屋で買った芋をぺろりと平らげたお安の周囲では、雑魚《ざこ》の夕飯を終えた猫たちが各々の毛並みのお手入れの真っ最中だ。

「にゃご？」

わざわざ猫の言葉で呼びかけると、丸々をはじめとする年長の数匹だけが顔を上げて、「にゃごにゃご」と相槌《あいづち》を打つ。

「それじゃあ、そろそろ寝るとしようかね。今日はくたびれたよ」

眠い目を擦《こす》って掻巻を広げた。

お安に近付いて横で丸くなる猫もいれば、仲間同士でじゃれ合っている猫もいる。

深く息を吐いて天井《てんじょう》を見つめていると、ぽつんと雨垂れの音がした。

ぽつ、ぽつ、ぽつ。

あっという間に、ざっと降り出した。

お安は思わずにんまりと笑みを浮かべた。胸の奥にふつふつと幸せな気持ちがわき上がる。

今日この家に引っ越すことができなかったら、きっとこの雨の中、あちこち雨漏《あまも》りする襤褸傘をいくつも広げて、猫たちと震え上がる羽目になったに違いない。

つくづく私は運がいい。

小さい頃からずっとそうだ。

もうすべてがおしまいだと思う頃になると、こうして必ず誰かが現れて助けてくれるのだ。

今回は、あのお奈津って娘っ子に出会えたお陰だね。

まだ子供のような顔をした種拾いの少女を思い出す。

あの娘は、人の悪い心に踏《ふ》み躙《にじ》られたことのない澄んだ目をしていた。

種拾いなんて因果な商売をしていたら、身も心も危ない目に遭うことが多いに違いない。それなのにあんな美しい目をしたままでいられるなんて。

きっとよほど想いの深い先祖が、あの娘のことを守っているに違いない。

雨垂れの音に交じって、「おーい」という男の声が聞こえた気がした。

表からではない。

お安のすぐ耳元、まるで添い寝をしているかのような近いところからだ。

「ん？　お前たち、何か言ったかい？」

猫たちは眠そうな顔をして糸のように細い目をしていた。

確かにあれは猫の言葉ではなかった。空耳に違いない、と掻巻を耳まで被った。

「おーい、おーい」

今度ははっきり聞こえた。掻巻の中の真っ暗闇からだ。

「何だい？　私に何か用かい？」

なんだ、やっぱりおいでなすったか。

怖いとは思わなかった。むしろ面白かった。

「おーい」

「うるさいねえ、聞こえているって言っただろう？」

掻巻を取り去って半身を起こすと、そこに若い男が座っていた。

日焼けして筋が目立つ凛々《りり》しい身体なのに、紙のように白い死人の肌だ。

両腕を前で組んで難しい顔をしていた。

「あんた、ここで死んだっていう八助かい？　出てきちゃいけないよ。あんたはもう死んだんだからね」

若い男は「へっ？」と声を上げて目を丸くした。

お安は諭《さと》すように大きく頷いた。

「ここの家守に聞いたところによるとね、あんたは酒の席で喧嘩をして、どうやら打ち所が悪い怪我《けが》をしちまったみたいなんだよ。この家に辿《たど》り着いたはいいけれど、そのまま死んじまったんだ」

「ええ……。そりゃねえぜ」

若い男が心底残念そうな顔をした。

「気の毒だけれど、仕方ないさ。生きるってのはね、そのくらい空《むな》しくて呆気ないもんだよ」

「ちえっ」

男が舌打ちをした。

「けど私はあんたが羨《うらや》ましいさ。これから永遠に真冬の雨の夜を過ごさなくていいんだからね。あれは寒いを通り越して身体じゅうが痛くなるんだよ。私は一晩じゅう節々が痛くて痛くて、おいおい泣いていたよ。生きるってのはそんな辛いこともあるんだよ」

若い男はつまらなそうに肩を竦めた。

お安の話は少々説教臭かったのだろう。

「あんた、もしよかったら猫たちの芸でも見るかい？　きっと気が晴れるよ」

お安は三味線を手に取った。

「にゃう、にゃう、にゃう」

うとうとしていた猫たちに声を掛けると、皆、渋々という様子で身体を起こした。

「あんたたち、せっかく休んでいたところごめんよ。でも引っ越しの挨拶《あいさつ》、ってのは最初が肝心だからね」

三味線が高らかに鳴った。

「はいっ！」

猫たちが一列に並んで踊り出す。

踊りの振りは思い思いのてんでばらばらだ。後ろ脚が強い猫は二本足で跳ねてみせて、身体が弱い年寄りは首だけを振っている。だが律に合わせて拍を取っているので、猫たちの動きはなんとも楽し気だ。

い？」

「いいもんが見れただろう？　これからは、毎日、この家で稽古をさせてもらうからね。いつでも見物は歓迎さ。死ぬのもちょっとは悪くないなって、思えたかい？」

若い男が笑った。

「すげえや」

お安は撥を素早く小刻みに動かした。

どんどん早くなっていく律に合わせて、猫たちの動きも早くなる。

どこまでもどこまでも早くなり、最後はみんなで大の字になってひっくり返った。

「はい、あんたたち、お疲れさま。今日はよく寝られそうだね」

お安が額の汗を拭《ぬぐ》いつつ顔を上げると、若い男の姿はもう跡形もなかった。

六

「おい、お奈津、あのお安って女の素性《すじょう》がわかったぞ！」

金造が、あの件はどうなった？　としつこく問い詰めてこないなんて。嫌な予感がしていたはずだった。

「金造親方が、ご自分で調べたんですか？」

調べてしまったのだ。

「ああ、そうさ。あのお安の名は、頭の奥のほうで何となく聞き覚えがあった気がしてね。うんと昔の読売を読み返してみたら、ついに見つけたぜ」

こめかみを指さしながら金造が示した古びた読売には、《猫に育てられた捨て子のお安》という見出しが書かれていた。

記事によれば、お安は生まれてすぐに親に山に捨てられた。少しでも人の情のある親ならば、我が子を育てられない事情があってもせめて人目につきやすいところに捨てるはずだ。だがお安は、野犬がうようよいる人里離れた山奥に捨てられた。

きっとお安の両親は、我が子が野良猫に育てられて生き延びるなんて毛頭《もうとう》思ってなかっただろう。

お安は塵《ごみ》を漁《あさ》り、捕まえた鼠《ねずみ》を齧《かじ》りながら猫たちと山で暮らした。だが七つほどになったある日、裸《はだか》で野山を走り回っていたところを捕まった。ひどく痩《や》せていて身体はぼろぼろだった。このままの暮らしを続けていれば、もうあと数ヶ月で命絶える運命だったという。

それから幼いお安は、見世物小屋の一座に拾われた。檻《おり》に入れられて、猫たちと同じ動きをして生魚を喰らう〝猫娘〟として見世物になった。

見世物小屋は大評判で、たくさんの客が〝猫娘〟を見物して大喜びしたという。

この記事に書いてあるのは、そこまでだった。

猫の顔に毛むくじゃらの身体、こちらに向かって牙を剝《む》く〝猫娘〟のおどろおどろしい挿絵に、覚えずして眉間《みけん》に皺《しわ》が寄った。

「酷《ひど》い話ですね。親に捨てられた上に、捕らえられて見世物にされるなんて。お安さんがそんなに辛い思いをされていたなんて知りませんでした」

思わず涙ぐんだ。

「種拾いとしては、この記事から今に至るまでの話を、ぜひとも聞かせていただきたいだろう?」

お奈津は金造の顔を見た。

「人の言葉を話せるようになり、己ひとりで生きることができるようになり、おまけに猫の言葉を喋れる力を使ってあんなに素敵な一座を率いている、お安さんの遍歴《へんれき》ということですよね?」

ゆっくり訊き返す。

「ああ、そうさ。お安が背負っているもんは、きっと、今まさに酷い目に遭わされて暗闇の中で生きている奴らの光になるはずさ」

金造が少し真面目な顔をした。

「なんてな。そういう大層な理由があると、気持ちよく働けるってもんだろ?」

すぐに笑い飛ばす。

「わかりました。お安さんに話を聞いてみます。昔のことを暴き立てるのではなくて、そこから今の暮らしに辿り着くまでの苦労やご縁を伺って、今、苦境に立つ人に道を示してほしいと思います」

お奈津は〝猫娘〟の挿絵をもう一度じっと見つめた。

七

天気のよい日のはずだったのに、お奈津が三ノ輪町の家の前に立ったその途端、頭上に雲が広がって光が消えた。

みるみるうちに心が萎れそうになるのを、慌てて首を振って気を持ち直す。

「おはようございます。種拾いの奈津です」

声を掛けると、しばらくしてからお安が顔を出した。

「ああ、あんたかい。久しぶりだね。お陰さまで、みんな仲良く幸せに暮らしているよ」

お安の背後を、縞や三毛、はち割れや鯖虎《さばとら》など、さまざまな柄《がら》の猫たちがうろついていた。

「今日は、お安さんに折り入ってお願いがあって参りました」

緊張した心持ちで深々と頭を下げた。

「お願いだって？　あんたは私の恩人さ。うちの猫を一匹譲ってくれ、なんて話じゃなければ何でも言っておくれ」

お安はお奈津を家に招き入れた。

「ありがとうございます。実はすごく言いにくいお話なのですが、お安さんのことをまた読売に書かせていただけないでしょうか？」

「また記事にしてくれるってのかい？　嬉しいねえ。お客が増えるさ。あんたたちも腕が鳴るねえ」

お安が猫たちを振り返る。

「お客さんが増える……とは思います。ですが、今回書かせていただきたいのは、〝猫の一座〟ではなく、お安さん自身のことなんです」

「私のことかい？」

お安が怪訝《けげん》そうな顔をした。

「申し訳ありません。お安さんがまだほんの幼い頃、読売に取り上げられた記事を見つけてしまいました。あれからお安さんがどうやって今の人生に辿り着いたかを、ぜひ教えていただきたいんです」

「確かにね。見世物小屋の〝猫娘〟がどうやって言葉を覚えたか。それが読売に書かれていたら、みんな読みたがるかもしれないねえ」

お安が目を細めた。

「失礼があったら、ほんとうにごめんなさい。でも私は決してお安さんの人生を面白おかしく騒ぎ立てるような記事は書きません。どうか信じてください」

「ああ、もちろん信じるさ。何でも話すよ」

「えっ？」

お奈津は、今耳にしたことが信じられない心持ちで顔を上げた。

「あんたはまだまだ、人の心に泥を塗ったくるような真似はできなそうだからね。

心も目も澄んでいる今のうちに、私のことをじっくり書いておくれ」

お安が優しく笑った。

「あ、ありがとうございます！」

こんなにすんなり上手くいくとは思わなかった。

やった、やった、と胸の中で呟きながら、帳面を取り出す。

「では早速……」

——えっ？

動きが止まった。

脇からお奈津の帳面を覗き込んでいる頭があった。

地べたに腹ばいになった男の後頭部だ。血に塗《まみ》れていた。

「嫌っ！」

覚えずして甲高《かんだか》い悲鳴を上げ、帳面を放り出した。

猫たちが冷めた目で一斉にお奈津を見た。

「ご、ごめんなさい。えっと、えっと」

必死で取り繕《つくろ》おうと目を泳がせたそのとき、部屋の隅に手足を後ろ手で縛られた女が倒れているのに気付いた。

髪が乱れて顔は見えない。どこもかしこも血で汚れて、ぼろぼろに破けた着物がはだけて、紫色に変色した乳房《ちぶさ》が覗いていた。

嫌な気配を感じて障子に顔を向けると、古びた障子の裂け目から無数の血走った目がこちらをじっと見つめている。

「お安さん、あの、あの、このお部屋……」

すっかり腰が抜けてしまった。

立ち上がることさえできない。

「あ、いけない。驚かせちまったね。今、あんたが目にしているとおりだよ。この部屋には仏さんが出るのさ。私も最初はほんの少しだけ驚いたけれどね、ちっとも怖いことはないよ。ご供養《くよう》もほら、ちゃんとしているしね」

お安が野の花を手向《たむ》けた花瓶と、水を入れた湯呑《ゆの》みを示した。

「そ、そんな……」

お安の背後に男が立っていた。

男の脳天は叩き割られていて、半分も原型を留《とど》めていない。

顎の辺りまで落っこちた目が、お奈津のことをじっと見つめていた。

「怖いです。怖いですよ。ものすごく、ものすごく怖いです」

か細い泣き声を上げた。

「おっと、そうかい？　そりゃ悪いことをしたね。いったいどうしたらいいかねえ？　なぜだか今日は、私にはお馴染《なじ》みの皆の姿が視《み》えなくてねえ。視えたなら、私から文句を言ってやれるんだけれど」

お安は呑気《のんき》に首を捻《ひね》った。

「あ、あ、またです！」

框《かまち》の下から、骨と皮ばかりに痩せ細った老人がにゅっと顔を覗かせた。

「ご、ごめんなさい、私、今日は帰ります！」

悲鳴に近い声を上げて、転がるように駆け出した。

「悪かったねえ。またいつでもおいで」

お安の言葉に重ねるように、猫たちが一斉に「にゃあ」と鳴いた。

八

「たいへんです！　たいへんです！　あの家は幽霊屋敷です！」

千駄ヶ谷まで一目散に駆けてきたお奈津が騒ぎ立てると、直吉は心底面倒くさそうにため息をついた。

「人の家に勝手に押しかけて、震え上がって逃げ帰るなんて真似がよくできたもんだな。家主が怒らなかったのは相手がお安だからだぞ。すぐに戻って謝ってこい」

「嫌です！　ぜったいに嫌です！」

悲鳴を上げた。

「……けれど、もしどうしても謝らなくてはいけないなら、直吉さんも一緒に来てくださいな。できれば月海さんも一緒に」

「お断りだ。種拾いなんて因果な商売をしていたら一度はこんな痛い目に遭うってことを、しっかり覚えておくんだな」

直吉はどこか面白がっている調子だ。

「どうしましたか？　お寺のお堂の中にまで、お奈津さんの声が聞こえていましたよ」

月海が不思議そうな顔で現れた。

「例の三ノ輪町の家で、お奈津が八助の姿を視たそうだ」

「八助さんの幽霊ですか？　それは恐ろしかったでしょう。いったいどうして現れてしまったのでしょうねえ。すぐに何とかしなくてはいけません。ですがなぜお奈津さんだけがそんなに驚いていらっしゃるんですか？　お安さんは八助さんを目にしていないのでしょうか？」

「お安はあの調子だ。何が視えても動じないんだろうさ」

「そう言っていました。お安さんは、今日はたまたま視えなかっただけのようです。視えていたならばお安さんから文句を言ってくれた、って。あんなに恐ろしい幽霊たちみんなに文句を言えてしまうだなんて、お安さんっていったいどれほど気丈夫な人なんでしょうか」

「幽霊たち？　どういうことだ？　お奈津が視たのは八助の姿じゃないのか？」

直吉が強張った声を出した。

「あれ？　最初からそう言いませんでしたっけ？　私が視たのは、たくさんの幽霊です。みんな血塗れだったり酷い折檻《せっかん》の跡があったり痩せ細っていたりして、なんとも悲惨《ひさん》な姿でした」

「何だって？」

直吉と月海が急に深刻な表情で顔を見合わせた。

「その家で、お安はどんな様子だった？」

「特に変わったところはありませんでしたよ。お安さんも猫たちも、至って心地よさそうに暮らしていらっしゃいました」

　言いながら、その光景の不気味さに気付き、肝《きも》が冷える心地になった。

　いくらお安が変わり者の気丈夫であったとしても、人の心があればあの苦悶《くもん》に満ちた幽霊たちを前にのんびり暮らすなんてできるはずがない。

「お安さん、もしかしてあの幽霊たちに取り憑《つ》かれてしまっているんでしょうか？」

　膝《ひざ》が震えてきた。

「お奈津さん、取り憑く、という言葉はやめましょう。亡くなった方々は生前、皆さん私たちと同じような心を持って暮らしていたのですから」

　月海が静かに窘《たしな》めた。

「……すみません」

　こういうときは真っ先に直吉に叱《しか》られそうなのにと、不思議に思って直吉を見る。

「えっ？　直吉さん？」

　直吉の顔は真っ青で額から汗が幾筋も伝っていた。

「平気ですか？　どこか身体の具合でも悪いんですか？」

慌てて顔を覗き込む。

「いや、放っておいてくれ」

「……でも、顔色が真っ青ですよ？」

直吉の身体がふらりと揺らいだ。

と、月海が素早く直吉を支えてぴしゃりと頰を打った。

「直吉！　しっかりしろ！」

普段の穏やかな月海とは思えない、弟を叱り飛ばす兄のような声だ。

直吉は頰を叩かれて、はっと目が覚めた顔をする。

「お奈津さんの前でひっくり返るなんて、みっともないぞ」

すぐにいつもの月海の笑みに戻る。

「……そうだな。こいつの前で弱みを見せたら、何を書かれるかわかったもんじゃない」

直吉が微《かす》かに笑った。

「何も書きやしませんよ」

お奈津はどうにかこうにか膨れっ面を作ってみせた。

直吉の顔色はまだひどく悪い。

「いや、お前はいつかきっと俺のことを書くさ」

直吉が感情の窺《うかが》い知れない声で言った。

「……どういう意味ですか？」

「直吉、具合は平気か？　なら一刻《いっこく》も早くお安さんのところへ行こう！」

月海が割って入った。

「ああ、そうだな。けどちょっとだけ待ってくれ。今日はもしかしたら」

直吉が振り返ると、家の前におテルが立っていた。

「私も同行しなくちゃいけないみたいだね」

おテルは直吉によく似た、いかにも面倒くさそうな様子でそう言った。

九

直吉と月海、それにおテルとお奈津の四人で、三ノ輪町の家の前に立った。

空は灰色の雲で覆《おお》われていた。

道中誰も口を利くことはなく、直吉の顔色は蒼白《そうはく》なままだ。

「お安さん、種拾いのお奈津です。先ほどはたいへんな失礼をいたしました。どうぞお許しください。家守の直吉さんたちと一緒に参りました」

恐る恐る戸口で声を掛けた。

途端に勢いよく戸が開いた。

「助けておくれ！　たいへんなことになったんだ！」

飛び出してきたお安の必死の形相《ぎょうそう》に、息を呑む。

「ど、ど、ど、どうされましたか⁉」

今すぐに駆け寄りたいのに、身体は覚えずして後ずさりしてしまう。

直吉がお奈津をぐいっと押し退《の》けた。

「お安さん、何がありましたか？　この家で起きたことでしたら、何でも力にならせていただきます」

普段どおりの直吉らしい落ち着いた声だった。

だが、今までになく暗く重いものを湛《たた》えているように聞こえた。

「丸々が変なんだよ！　丸々がおかしくなっちまったんだ！」

お安がこれほど取り乱すなんていったい何事だと思ったが、大事な相棒の猫のことだと知って納得がいった。

「おかしくなった、とはどういう意味ですか？」

月海がお安を落ち着かせるようにゆっくり訊く。

「頭を振りながら、ずっと同じところをぐるぐる回っているんだよ。私がいくら声を掛けてもこちらを見ることさえないんだ」

部屋の奥で、丸々が明らかに異様な様子で一所《ひとところ》を歩き続けていた。

つい先ほどの賢そうな顔をした、頼もしい姿とはまるで違う。

他の猫たちも気味悪そうに遠巻きに見守っていた。

お奈津は震え上がった。

「や、やっぱり、丸々はあの恐ろしい幽霊たちに……」

続きは言ってはいけない、と月海に厳しい顔をされて慌てて口を閉じる。

「この家で仏さんと呑気に暮らしてた私のせいなのかい？　丸々、あんた私の身代わりになってくれたってのかい？」

お安が狼狽《ろうばい》し切った様子で頭を抱えた。

そのとき、おテルの高笑いの声が響き渡った。

「こんな娘っ子の言うことなんかに乗せられてるんじゃないよ」

「えっ？」

お安が呆気に取られた顔をした。

「幽霊ってのは、生きている人よりもずっと義理堅いもんだよ。あんたが大事に可愛がってる丸々に、悪さなんてするもんかい」

おテルが神棚代わりの木箱の上に供《そな》えられた、水と野花に目を向けた。

框から部屋に上がると、足をばたつかせてもたもたしている丸々を軽々と捕まえた。

「おっと、暴れないでおくれよ。ちょっと静かにおし。ほうら、思ったとおりだ」

「わっ！」

お奈津は声を上げた。

丸々の耳から小さなコオロギが一匹、勢いよく飛び出してきたのだ。

「猫の耳に虫が入っちまったら、そりゃこんなふうにおかしくなるさ。ただそれだけのことだよ」

「そ、そうでしたか。ありがとうございます。丸々、気付かなくてごめんよ」

お安は驚きつつも、どこか納得のいかない顔をしている。

丸々はあっという間に正気を取り戻した様子で、けろりとしている。

「コオロギが、すばしっこい猫の耳に潜《もぐ》り込んでいつまでも出てこないなんて、聞いたことがないよ。いったいどういうことだろう」

お安が呟いた。

「その猫、耳垂れが出ていたよ。耳掃除をしてやったほうがいいんじゃないかい？」

おテルが丸々を指さした。

「えっ？　耳垂れだって？　丸々、見せてご覧？　あっ、こりゃ大変だ。あんたは耳のところの毛が多いから少しも気付かなかったよ。言ってくれればよかったのに」

お安が心底申し訳なさそうに「にゃう」と言うと、丸々も「にゃう」と応じた。

「他の猫は耳掃除なんてしていないのに、己だけが頼むのは恥ずかしい、だって？　あんたはまったく遠慮《えんりょ》深い子だよ。すぐに綺麗《きれい》にしてあげるよ」

お安が丸々をひしと抱き締めた。

「仏さんのお陰だよ。丸々をずいぶん可愛がってくれているからね。きっと私に丸々の耳の異変を知らせてくれたのさ」

お安の言葉に、直吉が密《ひそ》かに息を呑んだのがわかった。

「お安さん、その仏さんというのは八助の幽霊が視えるということですか？」

直吉がゆっくり訊く。

「八助だけじゃないよ。ここにいるみーんなさ。とってもいい人たちばかりだよ」

お安が家の中をぐるりと見回した。

「どんな人たちですか？　お奈津が目にしたという、後ろ手で縛られた女性や、頭を割られた男性、痩せ細ったお年寄りなどが視えましたか？」

「はあっ？」

お安が素《す》っ頓狂《とんきょう》な声を上げた。

「そんな物騒なもんが視えていたら、さすがの私でも悲鳴を上げて逃げ出すよ。ここの家に出る仏さんは、顔色だけはとんでもなく悪いけれどね、みんな穏やかな顔をして楽しそうに猫の踊りを見物している人たちばかりさ」

「その幽霊は幾人視えますか？」

「そうだねえ、話ができたのは八助だけだよ。けど、何も言わずに、にこにこしているだけの人を含めたら、二十……いや、三十くらいかねえ？」

「三十！」

お奈津が悲鳴を上げると、直吉が素早く振り返ってこちらを睨《にら》んだ。

そのままおテルに目を向ける。

「婆さま、どう思う？」

どこか子供らしさが残った縋《すが》るような顔でおテルを窺う。

おテルは鋭い目で家の中を見回してから、首を横に振った。

「この家は違うね」

直吉が緊張から解かれたように、小さなため息をついた。

「ならば、三十の幽霊はいったい誰なんだろう？」

「あんた、幽霊を視ちまったって言ったね？　ここのところ悩み事があったかい？」

おテルがお奈津に訊いた。

「悩み事……ですか？　えっと、実は直吉さんに叱られてから、昔の失敗を思い出して気が重くなっていました。種拾いって仕事を、これからどんな心構えでやっていけばいいんだろう、って考えてばかりいました」

「種拾いなんて因果な商売を、どんな心構えでやっていくかだって？　そりゃ苦悩が深そうなご立派な悩みだ」

おテルがせせら笑うように言った。

「きっとそんなあんたが視たものは、仏さんが亡くなったときのいちばん気の毒な姿だろうね」

「あんな悲惨な姿で亡くなった人ばかり、どうして……」

はっと気付いた。

「この家の辺り、もしかして昔は墓所だったんじゃないですか？」

直吉を振り返った。

「林の奥の、人がそうそう足を踏み入れない場所だったとは聞いている」

直吉が頷いた。

「墓所は墓所でも、悲惨な亡くなり方をした身寄りのない人たちの投げ込み穴だったんだろうね。月海、もう一度改めてその方々にご供養をして差し上げておくれ。そうすれば……」

「ちょっと待っておくれよ。ご供養をしたら、みんないいなくなっちまうのかい？」

お安が割って入った。

「この家の仏さんたちは丸々の恩人だよ。いなくなっちまうのは寂しいよ。私は、皆さんにこのままここにいてもらっても少しも構わないんだよ。むしろ賑《にぎ》やかで楽しいんだ」

お安は丸々を、心底愛《いと》おしそうに抱き締める。

月海が静かに首を横に振った。

「お安さん、そう言っていただいて、皆さんきっと喜んでいらっしゃいますよ。皆さんは、この家で暮らしていたのがお安さんと猫たちだったからこそ、憂き世を忘れて楽しく過ごすことができたに違いありません」

お安に抱かれた丸々の頭を撫《な》でる。

「けれど、お奈津さんが視た恐ろしい苦悶の幽霊の姿もまた、きっとほんとうなのでしょう。長く続いた苦しみが終わるように、心を込めてご供養して差し上げましょう」

月海は法具が入った紫色の風呂敷包みを開いた。

「……そうかい。あの人たちはずっと辛かったってことだね」

お安が寂しそうに言った。

「ご住職、もしよかったらね、お願いがあるんだけれど」

「何でしょう?」

「ご住職のお経《きょう》に合わせて、猫たちを踊らせちゃいけないかい?」

「わ、私のお経に合わせてですか⁉」

月海が素っ頓狂な声を上げた。

「きっと皆さん、喜んでくださると思うのさ。猫たちの芸を見物するのが大好きな方たちだったからねえ」

お安が猫たちを振り返ると、一斉に「にゃあ」と答えた。

「お経というのは楽しい歌ではありませんので、あまりそういうことは……」

言いかけてから、月海は「けれど、まあ、いいでしょう」と面白そうに笑った。

十

「……いっぱいいらっしゃいましたね。三十、どころか五十はいらしたように見えました」

帰り道、近場の取引相手に顔を出してから帰るという直吉に、「そういえば私もそちらの方向に用があるんです」と強引に同行した。

「あの辺り一帯は、昔ずいぶんと使用人や村人に対して残忍な庄屋《しょうや》が持つ土地だったと聞くからな」

「その庄屋さんの一族はどうなったんでしょうか？　今はお屋敷らしきものはどこにも見当たりませんでしたが」

「流行《はやり》の病で相次いで死んだそうだ。一族皆、ほんの僅《わず》かにでもあの家の血筋を引いた者は、十日ほどでひとり残らず消え失せた」

直吉がつまらなそうに言った。

「それって……」

思わず背筋が冷たくなった。

月海の供養のお経と線香の煙の中で、次々に現れては猫の芸に嬉しそうに目を細めて消えた人々。

中にはお奈津が目にしたあの後ろ手で縛られた女も、頭を割られた男も、痩せ細った老人もいた。皆、己の命が輝いていた頃の艶々した頬をして、親しい友であるお安に礼を言うように頷いて消えた。

「種拾いの仕事への心構えとやらは、解決したのか？」

直吉が話を変えた。

「え？　あ、あれはその、えっと、まだ解決したってわけじゃありませんが」

急に恥ずかしくなった。

「でも、今日、やっぱりお安さんって素敵な人だなって思いました。お安さんのことが知りたいって思いました。みんなが震え上がるような悪人のことや、顔を顰《しか》めるような残忍な事件を調べるのはほんとうに嫌な仕事だけれど。でも、それで培ったもので、お安さんのような人の魅力をみんなに知らせる記事を書きたいんです」
「奇人変人の過去を面白半分に暴き立てるのとは違うのか？」
「はいっ！　何がどう違うのかは聞かないでください！　私だってわかりませ
ん！」
でも、なんだか少しだけ見えてきた気がするんです。
そのためにも私はこれから、全身全霊でお安さんの記事を書きます。
続きは胸の中だけで言った。
「お前は楽しそうだな」
直吉が苦笑した。
「楽しくなんてありませんよ。ここ数日、私がどれだけ悩んでいたか。それこそ幽
霊が視えてしまうくらい悩んでいたんですよ」
「いいことだ。何があっても決して視えない俺に比べればな」
え？
お奈津は直吉の顔をじっと見た。
「直吉さんが決して幽霊が視えなくなったのには、何かきっかけがあるんです
か？」

意を決して訊いた。

昔は視えていた。でも今は視えない。

以前に直吉自身がそう言っていたはずだ。

「俺が十一のときに、両親が消えたんだ。それからは皆が泡を吹いて倒れるようなどんな曰《いわ》く付きの家に足を踏み入れても、俺ひとりだけけろっとしているのさ」

直吉が冗談めかして答えた。

「ご両親が……？」

幼い頃に直吉と月海をお化け屋敷に連れて行ってくれた父親。

夜に厠《かわや》に行けなくなった直吉に寄り添ってくれた母親。

「俺の両親は家守を請け負った家で、姿を消しちまったんだ」

「いったいその家はどこにあるんですか？」

「わからない」

「どういうことですか？　行き先を知らされていなかったんですか？」

「行き先は知っていた。ある日、曰く付きの幽霊屋敷の家守を頼みたい、って客が来たんだ。直吉は決してついて来るんじゃないぞ、なんて言われたら、ぜひとも行ってみたくなるのが子供心だろう？　両親があの家に入っていく背中をこの目でしっかり見たさ」

直吉が眉間に苦し気な皺を寄せて、己の目を指さした。

「けれど俺が何喰わぬ顔をして婆さまのところに戻っても、両親はいつまでも帰らなかった。それでもう一度そこへ行ってみたら、家なんてどこにもなかったんだ」

お奈津はごくりと唾《つば》を呑んだ。

「悪人に騙されて連れ去られたのではないですか？」

「悪人が貧乏人の中年夫婦を攫《さら》って何の得がある？」

「もしかしたら、見てはいけない事件を目にしてしまったのかも……」

「ならばとっくに殺されているはずだ」

「じゃあ、ご両親は生きているんですね？」

直吉が頷いた。

「婆さまがそう言っている。二人とも生きている。けれど決して動けない場所にいて、ずっと俺の助けを待っている。だから俺は、人が死んだ家の家守を始めることにしたんだ」

直吉が自分に言い聞かせるように言った。

「あの幽霊屋敷も、かつては生きる人が暮らしていた普通の屋敷だったはずなんだ。どうしてあの屋敷だけが人を取り込むような禍々しい力を持ってしまったのか。それがわかれば、いつかもう一度、あの幽霊屋敷に辿り着くことができるはずなんだ」

お奈津は黙り込んだ。

「どうだ、奇妙な話だっただろう？　これを読売に書くか？」

「そんな、まさか！」

大きく首を横に振った。

「でも私、もっともっと種拾いの仕事を頑張ります！　それで、きっと、きっと直吉さんのご両親を見つける手がかりを摑《つか》んでみせます！　だから一緒に奮闘《ふんとう》しましょう！」

直吉が呆気に取られた顔をした。

「お前は楽しそうだな」

同じことをまた言う。

「楽しくなんかないですよ！　この世は深刻な悩みや憂鬱《ゆううつ》な出来事や、他にももっともっと、片付けなくちゃいけないたいへんなことが山積みです。落ち込んでいる暇なんて少しもありません！」

腕まくりをしてみせた。

「……確かにそうだな」

直吉が小さく笑った。

十一

「お奈津、でかしたぞ、いい記事だ。これはとんでもねえ評判になるぜ」

金造が刷り上がったばかりの読売を手に、どこかで聞いたことを言って小躍りして喜んでいる。

「お話を聞かせてくださった、お安さんのお陰です」

お奈津は首を横に振って微笑《ほほえ》んだ。

よい記事を書くことができたに違いない、という自負はあった。

だが胸の内は静かだ。己の手柄だなんて思わない。

「お安に人の言葉を教えてくれたのが、醜い見た目で苦労を重ねて生きてきた〝蛇《へび》女《おんな》〟だって？　見世物小屋の主人の目を盗んで逃げ出す手伝いをしてくれた、捨て子の軽業師の兄弟たちの話も泣けるじゃないか。それからお安を匿《かくま》ってくれた村の人。見世物小屋の主人の行状《ぎょうじょう》をお上《かみ》に訴《うった》えてくれた若者。この世ってのはさ、人の情ってのは、捨てたもんじゃねえなあ。それによ、俺が何より泣けたのは……」

金造が涙を袖で拭った。

お安の過去は確かに悲惨なものだった。

見世物小屋から無事に逃げ出したあとの人生だって、決してめでたしめでたしというわけにはいかない。

悪い奴に騙されて再び売り飛ばされそうになる危ない目にも遭ったし、惚《ほ》れ合ったはずの男が悪人で、命からがら逃げ出したこともあったという。

だがお安の行く先々には必ず、情が深くて惜しみなく手を差し伸べてくれる誰かが現れた。

――それはきっとお安さんのお人柄ですね。お安さんが特別な人だから、人も猫もみんなお安さんを助けたくなるんですね。羨ましい限りです。

帳面に筆を走らせながらそう言ったお奈津に、お安は「まさか」と首を横に振った。

――あんた、いくらまだまだ世を知らない娘っ子だからって、そんな罰当《ばちあ》たりなことを言っちゃいけないよ。

厳しい顔をした。

――あんたが今ここで生きているのは、出会ったみんながあんたを全力で助けてくれているってことに気付いていないのかい？　人ひとりの命なんてちっぽけなもんだよ。この世で出会った皆でお互い大事に守り合わなくちゃ、あっという間に消えちまっているはずさ。

――今このときの私のことも、誰かが助けてくれているってことですか？

不思議そうな顔をして訊き返したら、頭をぽんと叩かれた。

――当たり前だよ！　周囲に情が厚くて優しい人がいてくれるお陰で、あんたは今ここで生きているんだ。もっとそのことに感謝するんだね。

お安の言葉は、お奈津の胸にじわりと沁《し》み渡った。

――それじゃあ、最後に。この記事を読む人に向けて一言、お願いいたします。

「この最後の一言、俺は泣いたよ。あの捨て子だった〝猫娘〟が散々な人生の末にこう言っているかと思うと、俺たちもしっかり生きなくちゃいけねえって力を貰えたさ」

金造が読売の紙を指先で弾《はじ》いた。

「『私は幸せだ。だってここで生きているんだからね』という言葉ですね？」

お奈津は深く頷いた。

人の命の儚《はかな》さを想う。

どれほど金持ちでも、美しく生まれても、稀代の才に恵まれても、人は皆、必ず死ぬ。魂の抜けた軀《むくろ》は気味悪がられて、万が一にでも幻として姿を見せれば悲鳴を上げて逃げられてしまうのだ。

今このときに命があること、明日はいったいどうなるだろうかとあれこれ頭を巡らせることができる有難さを、噛《か》み締めて生きなくてはいけない。

「お安さんに読売を届けてきますね。ついでに猫たちが新しい芸を身に付けたかどうかを確かめてきますよ。どうやら近いうちに、お安さんの台詞《せりふ》に合わせて衣装を着た猫たちが芝居をする芸を考えているようなんです」

「そりゃ面白いな！　けど〝猫の一座〟についての記事は、次は当分先だぞ。今まさにお江戸で大評判になっていることを記事にしたって、面白くもなんともねえさ。種拾いってのは、芽が出る前の種を拾うから種拾い、っていうんだぞ。お前の目と耳で、皆が震え上がるようなとんでもねえ事件の種になるようなもんを拾ってこいっ！」

「とんでもない事件ですか？　それはいったいどんな……？」

「それを考えるのもお前の仕事だ！　さあ、ぼやぼやしてねえでさっさと行ってこい！」

「はいっ！」

刷り上がったばかりの読売を手に、追い立てられるように表に飛び出した。

表はすっかり晩秋の気配だ。

雲が広がって真っ白になった空を、目を細めて見上げた。

ふいに耳慣れた鳴き声が聞こえた。

金の嘴《くちばし》の青い鳥が空を横切ったかと思うと、お奈津の背に飛び乗った。

「鳥太郎！　来てくれたのね。あんたがいたら百人力よ。早速、よい種を拾ってくるわ！」

お奈津は胸を張った。

握った読売にちらりと目を向ける。

――私は幸せだ。だってここで生きているんだからね。

お安の言葉を、もういちど胸で繰り返す。

鳥太郎が耳元で楽し気に「ちゅん」と鳴いた。

この物語はフィクションであり、実在した人物・団体などとは一切関係ございません。

本書は書き下ろし作品です。

著者紹介

泉 ゆたか（いずみ　ゆたか）

1982年、神奈川県逗子市生まれ。早稲田大学卒業、同大学院修士課程修了。2016年、『お師匠さま、整いました！』で第11回小説現代長編新人賞を受賞し、作家デビュー。2019年、『髪結百花』で、第８回日本歴史時代作家協会賞新人賞と第２回細谷正充賞をダブル受賞。著書に「お江戸縁切り帖」「眠り医者ぐっすり庵」「お江戸けもの医毛玉堂」シリーズ、『おっぱい先生』『れんげ出合茶屋』『君をおくる』などがある。

ＰＨＰ文芸文庫　幽霊長屋、お貸しします（一）

2023年７月21日　第１版第１刷

著者　泉　ゆたか
発行者　永田貴之
発行所　株式会社ＰＨＰ研究所
東京本部　〒135-8137　江東区豊洲5-6-52
文化事業部　☎03-3520-9620（編集）
普及部　☎03-3520-9630（販売）
京都本部　〒601-8411　京都市南区西九条北ノ内町11
PHP INTERFACE　https://www.php.co.jp/
組版　株式会社PHPエディターズ・グループ
印刷所　大日本印刷株式会社
製本所　株式会社大進堂

ISBN978-4-569-90319-4

PHP 文芸文庫

本所おけら長屋（一）〜（二十）

畠山健二 著

江戸は本所深川を舞台に繰り広げられる、笑いあり、涙ありの人情時代小説。古典落語テイストで人情の機微を描いた大人気シリーズ。

PHP文芸文庫

鯖《さば》猫《ねこ》長屋ふしぎ草紙（一）～（十）

田牧大和　著

事件を解決するのは、鯖猫!? わけありな人たちがいっぱいの「鯖猫長屋」で、不可思議な出来事が……。大江戸謎解き人情ばなし。

いい湯じゃのう(一)〜(三)

風野真知雄 著

徳川吉宗が湯屋で謎解き⁉ そこに江戸を揺るがす、御落胤騒動が……。御庭番やくノ一も入り乱れる、笑いとスリルのシリーズ!

PHP文芸文庫

仇《かたき》持ち

町医・栗山庵の弟子日録(一)

知野みさき 著

兄の復讐のため、江戸に出てきた凜。仇に近づく手段として、凄腕の町医者・千歳の助手となるが――。人情時代小説シリーズ第一弾！

PHP文芸文庫

桜色の風

茶屋「蒲公英《たんぽぽ》」の料理帖

五十嵐佳子　著

五十五歳のさゆは隠居生活から心機一転、茶屋を開店する。絶品みたらし団子とお茶、そして聞き上手のさゆが心を癒やす人情時代小説。

PHP文芸文庫

ふしぎ

〈霊験〉時代小説傑作選

宮部みゆき、西條奈加、廣嶋玲子、泉ゆたか、宮本紀子 著／細谷正充 編

江戸のファンタジーは面白い！「人の罪を映す」目を持った少女や、超能力を持つ拝み屋の少年の物語など、幻想的な傑作短編を収録。